길손의 숲길 대화

1판 1쇄 발행 | 2019년 4월 25일
지은이 | 장연옥
발행인 | 이선우
펴낸곳 | 도서출판 선우미디어

　　등록 | 1997. 8. 7 제305-2014-000020
　　02643 서울시 동대문구 장한로12길 40, 101동 203호
　　☎ 2272-3351, 3352 팩스: 2272-5540
　　sunwoome@hanmail.net
　　Printed in Korea ⓒ 2019. 장연옥

값 13,000원

ISBN 978-89-5658-610-6 03810

길손의
숲길
대화

장연옥 에세이

선우미디어 sunwoomedia

작가의 말

여린 생명체로 길 위에 세워지고, 걷고 또 걷다가 한 줌 먼지로 사라지는 것. 인생길에 들어선 그 누구도 거스를 수 없는 진리 앞에서, 숙연해짐과 동시에 갈망하는 것이 있습니다. 바로 삶의 이정표입니다.

열정과 방황을, 겨끔내기로 찾아드는 밤과 낮인 양 순순히 받아안고 지낼 즈음, 한 선배가 내민 손을 잡고 문학의 강에 발을 담갔습니다. 고향같이 아늑하고 푸근했습니다. 빗장 질러 놓았던 문이 열리고, 그 안에서 동면하고 있던 씨앗 하나를 발견하는 순간은 참으로 눈물겨웠습니다. 늦은 감이 있는 만남이었으나, 젊은 날 문학의 꿈을 고이 갈무리하고 있다는 사실이 얼마나 고맙고 다행스러웠는지 모릅니다. 저에게는 삶의 이정표가 '문학'임을 깨달으며 행복한 글쓰기를 해왔는데, 어느새 15년이라는 세월이 흘렀습니다. 그저 쓸 뿐, 책으로 낸다는 것은 한없이 두렵고도 어려웠습니다. 그러나 이제 더 이상 물러설 자리도 없기에 감히, 미흡한 글들을 엮어 세상에 내놓습니다.

이제껏 헉헉거리며 올랐어도 그리 높지 않은 산에 불과하지만, 마루터기를 넘어 내려오는 길이 외롭지 않을 것 같습니다. 인생의 깔딱 고개에서 만난 문학이 여전히 위무가 될 것이기 때문입니다. 미친 듯이 책에서 길을 찾던 시절이 있었습니다. 연장선에서 만난 수필이 어렴풋하나마 길을 알려 주고, 치유의 공간마저 마련해 주었습니다.

산을 오를 때 보지 못했던 것들을, 내려오면서 여유롭게 만나 보려 합니다. 마음이 몹시 설렙니다. 한편으로는 곱새기며 가야 할 것이 있기에 조심스럽습니다. 제 글이 부디 삶의 넋두리에 갇히거나 객관성을 잃는 일이 없기를 주문처럼 되뇝니다. 그리고 얼마간이나마 문학성을 살려, 독자의 마음에 맑은 바람 한 줄기로라도 스칠 수 있다면 더 바랄 게 없겠습니다.

이명재 교수님을 비롯한 이음새 문학회 모든 선생님들께 깊은 감사의 말씀 올립니다. 문학 영역은 물론, 참다운 삶의 장까지 열어 주신 은혜 잊지 못할 것입니다. 저를 사랑으로 보듬어 주신 학창 시절 은사님들과 양가 친지들께도 감사드립니다. 그리고 지난 2년 사이에 불어난 새 가족과도 기쁨을 함께하고 싶습니다. 볼수록 반갑고 미더운 두 사위들과 첫 손주 서연에게, 그리고 늘 안온한 울타리가 되어 준 남편과 아들딸들에게 고마운 마음 전합니다.

2019년. 사월. 진달래 붉음에 물들며
蓮智 장연옥

| 차례 |

02 탐매 여행

03 흐르는 강물처럼

아버지의 지게

초록색 지게와 풀 내음도 잊히지 않는다.
꼴이나 퇴비용 풀을 베어서
아버지 키만큼이나 높게 쟁여 지고,
집 앞 개울의 징검다리를 성큼성큼 건너오시는 아버지는,
할아버지가 아니라 녹색을 닮은 청년 같아 보였다.
풀 짐을 풀어놓을 땐 생기 가득한
풀 냄새가 온 집 안에 진동했다.
- 본문 중에서

짝사랑

메아리 없는 사랑, 짝사랑은 가없는 인내심을 필요로 한다. 그렇다고 일방적인 사랑을 쌍방 간 사랑으로 바꿔 보려고 하다가는 상처받고 가슴앓이만 하기 일쑤다. 요즘 나는 이런 사랑 병에 걸려서 홍역을 치르고 있는 중이다. 아들하고 말이다.

딸만 둘 낳고 단산을 선언했는데, 친정어머니의 집요한 성화에 못 이겨 뒤늦게 아들을 하나 낳았다. 긴 기도 끝에 얻은 귀한 자식인 셈이다. 그 아들이 어느새 장정이 되어 국가의 부름을 받았다. 매 한 대 더 주며 키워 온 터라, 아이는 어미가 저를 애지중지하는 줄 모르는 것 같다. 덕분에 마마보이가 안 된 것은 다행이지만, 내 마음을 몰라줘도 한참 몰라준다. 그런 아들이 말도 많고 탈도 많다는 군대에 간다고 하니, 그간 살갑게 못해 준 것이 마음에 걸려 통 잠을 이룰 수가 없었다. 그러나 아들은 내 속내를 아는지 모르는지 친구들 만나고 다니느라, 마주 앉아 밥 한 끼 먹기도 힘들 정도였다.

입대하는 날인 5월 7일, 까까머리 아들과 함께 논산 훈련소 연병장

계단에 앉아 있자니 가슴이 먹먹해 왔다. 자고로 부모는 자식 앞에서 대범해야 하는 법, 남들도 다 하는 국방 의무인데 유난 떨 일은 아니지 않은가. 웃으면서 덤덤하게 떠나보내리라 다짐했다. 그러나 "입대자들은 부모님께 작별 인사를 올리고 연병장으로 모이라."는 방송이 나오자 조금 전의 결심은 여지없이 무너지고 말았다. 마지막 당부의 말을 하는 내 입은 활짝 웃고 있는데, 주책없이 쏟아져 나오는 눈물을 감당할 수가 없다. 이런 낭패가 어디 있나! 아들은 말없이 두툼한 손으로 내 손을 꼬옥 쥐어 주고는 씩씩한 목소리로 작별을 고했다. 여기저기서 훌쩍거리는 소리가 들려온다. 몸을 가누지 못할 정도로 통곡하는 어머니도 보인다.

그날 밤, 허전한 마음을 달랠 길이 없어 아들 방에 들어갔다. 한편으로는 아들 사랑을 확인하고 싶은 의도도 있었던 것 같다. 아들은 다음 날이 어버이날이었지만, 마지막까지 한 마디 말도 없었다. 행여 흔한 카네이션 한 송이나 카드 한 장이나마 남겨 두지 않았을까 기대했는데, 아들 책상은 텅 비어 있다. 이것저것 해 먹이느라 허둥댔던 나를 생각하니 갑자기 맥이 쭉 빠진다. 그래도 그 감정은 잠시, 아들 체취와 흔적들이 나를 엄습하면서 또다시 안타까움에 휩싸이고 만다. 짝사랑은 상대방이 나를 몰라준다고 서운해 하지 않아야 하느니. 다시 힘을 내어 구석구석 먼지를 닦아 낸다. 시간은 벌써 새벽으로 넘어갔는데, 아들 얼굴이 떠올라서 자리를 뜰 수가 없다.

훈련 기간 5주 동안은 인터넷 편지를 보낼 수 있어, 밤이 되면 아들에게 편지 쓰기에 돌입했다. 이건 누가 봐도 연애편지 수준이다. 보고 싶다, 그립다, 사랑한다. 그간 가둬 두었던 애정 표현이 새장을 탈출한 새가 되어 거침없는 날갯짓을 한다. 비록 대답 없는 외침에 불과한 것일지라도 상관하지 않는다. 일주일 후에 소포 꾸러미가 오는 성싶더니, 큰딸이 재바르게 아들 방으로 들고 가 버린다. 얄팍한 아들 편지만 달랑 가져다준다. 제 딴에는 아들 옷을 보면 내 마음이 아플까 봐 머리를 쓴 모양이다. 방망이질을 해대는 가슴을 억누르며 읽는 편지 속에는, 어버이날에 '마음의 꽃'을 보낸다는 내용이 섬광처럼 빛나고 있었다. 이 한심한 어미는 그 한 마디에도 감지덕지해서 눈물이 앞을 가렸다.

드디어 노심초사하던 5주 훈련이 끝나고 수료식 날이 다가왔다. 밤이 이슥토록 준비해 둔 음식들을 챙겨 들고 새벽같이 집을 나섰다. 미련스러울 정도로 일에 충실하느라고 아이 입학식, 졸업식도 제대로 못 챙겼던 내가 특별 휴가까지 내고 달려간 것이다. 남편도 내심 기쁜지 운전대를 잡고 장단까지 맞추며 콧노래를 흥얼거린다. 내 생애에 이토록 설렌 적이 있었던가. 훈련 도중에 매욱한 성격 때문에 많이 혼나지는 않았는지, 일더위 속 행군으로 발에 꽈리 같은 물집은 안 생겼는지, 다쳤던 허리 병이 도지지는 않았는지….

10시 30분이 가까워 오자, 훈련병들이 수료식장으로 들어와 열을 맞추어 섰다. 몰려든 부모들이 제각기 자기 아들을 찾느라고 까치발을 하고 고개를 빼어들기에 바빴다. 한 어머니는 비금비금한 수료 병사들 무리에서 용케도 아들을 발견했는지, "기철아! 우리 아들 저기 있다아~."며 감격에 겨워 마구 흐느낀다. 이산가족 상봉이 따로 없다. 식이 끝나갈 무렵, 엄마가 아들 가슴에 이등병 계급장을 달아 주는 순서가 있었다. 벅찬 가슴을 진정시키고, 이번에는 제대로 체면을 유지한 채 아들을 만나러 갔다. 그간의 우려와는 달리, 아들은 너무나도 멀쩡한 모습으로 나를 덥석 안는다. 그리고 싱글거리며 아빠, 엄마에게 카네이션 배지도 달아 준다. 이런 호사가 어디 있나. 그동안 아들 사랑에 굶주린 어미는 꿈에도 기대하지 못했던 일이다. 짝사랑이 실오라기만큼이라도 반응이 있으니 그저 황감할 뿐.

그런데 얼마 전, 어느 수필집에서 읽은 인용 글귀가 나에게 무언의 질책을 던진다. 맥아더 장군은 태평양 전쟁 중에 전장에서 〈자식을 위한 기도〉를 썼다고 한다.

'…그를 요행과 안락의 길로 인도하지 마시고, 곤란과 고통의 길에서 항거할 줄 알게 하시고, 폭풍 속에서도 일어설 줄 알며, 패한 자를 불쌍히 여길 줄 알도록 하소서….'

문득, 짝사랑 타령을 하던 내가 한없이 부끄러워진다.

시쳇말로, '아들은 영원한 짝사랑'이라고 했다. 잘나면 국가나 장모의 아들, 못나면 내 아들이라고 했던가. '내 아들'이 아니어도 좋으니 못나지는 말아야 하는 게 부모의 심정인 것은 당연한 말씀! 설령 아들에 대한 내 사랑이 천 개의 그리움으로 남는다 해도, '못난 아들'만은 되지 말아 달라고 기원한다. 나는 짝사랑에 굳은살이 박인 어미이니까.

연리지 사랑

일명 '사랑 나무'라고도 하는 연리지(連理枝)는 연인이나 부부들의 부러움을 사는 나무이다. 눈 하나에다 한 쪽 날개가 붙어서 같이 날아야만 하는 전설상의 새, 비익조(比翼鳥)와 더불어서 말이다.

서로 다른 나뭇가지가 맞닿아 하나로 붙어 버린 나무, '연리지'는 김성중 감독의 영화 제목이 되기도 했다. 엄연한 두 그루의 나무가 지상 얼마쯤에서 하나로 이어져, 한 그루가 되고 만 연리목이 주요 배경이었던 영화이다. 영화 속 연인들은 자신들의 아름다운 사랑이 연리지처럼 되기를 소원하곤 했다.

당나라 시인 백거이도 〈장한가〉에서 당 현종과 양귀비의 애틋한 사랑을 이렇게 읊고 있다.

7월 7일 장생전에서
깊은 밤 사람들 모르게 한 맹세
하늘에서는 비익조가 되기를 원하고

땅에서는 연리지가 되기를 원하니….

얼마나 사랑하면 영원히 한 몸이 될 수 있을까. 부럽고도 부러운 일이다. 그래서 나는 결혼 전에 연리지 같은 사랑이, 마치 장래 희망이라도 되는 것처럼 꿈꿔 왔다. 그러나 나의 결혼 생활은 연리지는커녕, 나란히 선 두 나무가 점점 각도를 벌려 가며 나이테를 더하고 있는 것 같아 실망스럽곤 했다.

그런데 최근에 새로운 사실을 알게 되었다. 내가 알고 있던 연리지는 환상에 불과했던 것이다. 나무의 현실은 그렇게 낭만적이지는 않았다. 서로 부딪치게 된 나뭇가지가 하나로 합쳐지는 과정에서 상대방을 반기며 맞아들이는 게 아니란다. 각자의 나이테를 만들고자 치열하게 밀어내다가 끝내 맨살의 껍질이 파괴된다. 이때 나무의 자람을 담당하는 '부름켜'가 서로 가진 물질을 주고받으며 세포벽이 이어진다고 한다. 서로 닮은 한 쌍의 커플이 만나 열렬히 사랑하며 하나가 되는 것이 아니라, 서로 다른 존재가 만나서 죽도록 싸우다가 보니 한 몸이 되어 있더라는 뜻이 되겠다.

중매로 만나서 서둘러 결혼한 우리 부부는, 서로가 가까워지는 데 걸린 시간이 꽤나 길었을 만큼 둘의 성향은 많이 달랐다. 남편은 치우친 이과형에다 다분히 디지털적이어서, 문과형으로 아날로그 방식을 선호하는 나와는, 종교 이외에는 공통분모가 별로 없었다. 게다가 남편은 저녁형이고 나는 아침형이어서 겪는 갈등도 적지 않았다. 휴일에도 나는 할 일을 미리 끝내 놓고 쉬는 것을 좋아했으나, 남편은 실컷 쉬고 나서 해가 뉘엿뉘엿할 무렵에야 일을 시작했다. 한밤중에 망치로 두들기고 드릴로 뚫으며 집을 수리하느라, 우리 식구들은 물론 이웃에까지 피해를 주기가 일쑤였다. 나는 사람 관계를 중요시하는 데 비해 남편은 기계를 더 좋아하는 것 같았다. 컴퓨터 프로그래머답다고 이해를 해야 할지, 사람 냄새가 안 난다고 지청구를 해야 할지 혼돈이 올 때가 많았다.

설상가상으로 결혼 9년째 되던 해에 남편은 용서 받지 못할 일을 저지르고 말았다. 회사 사정이 어려워진 지인의 부탁을 차마 거절하지 못했는지, 다섯 세입 가구와 함께 살고 있어서 명색만 주인이던 집을, 그 회사의 포괄 담보물로 제공하고 말았다. 나와는 한 마디 상의도 없이 말이다. 3개월 후에 원상 복귀시켜 준다는 그 사람의 말을 곧이곧대로 믿었던 모양이다. 그러나 세상일은 그렇게 만만한 게 아니었다. 주인을 믿고 전세권 설정도 해 놓지 않았던 세입자들, 서로 오가며 친히게 지냈던 그들이지만 이 사실을 알게 되자 늑달같이 담보 해제를 요구해 왔다. 몇 달이 지나도 시정이 되지 않자, 한 집 두 집 이사를 가겠다며 방을 내놓기 시작했다. 그러나 이런 사정을 알면서 세를 들어올 사람은 없었고, 급기야는 전세금을 돌려줘야 하는 사태로까지 번지고 말았다.

그 포괄 담보 사건은 끝내 우리를 다른 곳으로 이사 가게끔 만들었으며, 그로 인해 나는 몇 해 동안 우울증과 편두통에 시달려야만 했다. 아침에 눈을 뜨는 것이 두려웠고, 그대로 영영 잠들고 싶은 생각 밖에 들지 않았던, 그야말로 지옥 같은 시절이었다. 지금에서야 고백

하지만, 그때 나는 이혼이라는 걸 심각하게 생각해 본 적이 있다. 성격 차이로 불만이 많았던 내게 이 일은 기름을 붓는 격이 되었다. 그러나 몇 밤을 지새우며 생각해 봐도, 친정 노모의 주름진 얼굴과 눈물 달린 아이들의 가엾은 모습이 어른거려, 차마 말을 하지 못하고 또다시 참고 살자고 다짐했었다.

　은혼식을 맞이하는 올해, 격동의 드라마 같았던 지난날들을 회상하며 삶을 정리해 본다. 다행스럽게도 그렇게 소망했던 '연리지'가 될 기회는 아직 유효하지 않은가. 그리고 보니 나는 여태껏 이 사람의 단점을 찾느라 급급했던 것 같다. 이과형이면서 아이러니컬하게도, 천성적으로 에고이스트가 될 수 없고 자기변호를 할 줄 모르는 사람. 나를 담아낼 수 있는 여유 때문인지 친정 오빠같이 늘 편안한 사람이다.

　비록 강하지 못한 성격 탓에 실수를 몇 차례 저질렀으나, 이제껏 한눈 한 번 팔지 않고 오로지 가정을 위해서만 살아오지 않았던가. 같이 아파도 자기는 아프지 않은 척하며 나를 간호해 주고, 오십견을 앓고 있는 나를 위해 잠결에도 어깨를 꾹꾹 눌러 준다. 계산에 어둡고 길치에다 기계치인 내가 답답할 때도 많았겠지만, "으이구 둔한 사람아." 하면서 고작 꿀밤 한 대 먹이는 것이 유일하게 나를 나무라는 방법인 그다. 작은 일에도 그냥 넘어가지 않고 까칠하게 구는 내가 싫을 텐데도, 다음 생에 결혼을 한다면 꼭 나하고 하겠단다.

　우리가 25년 동안 수많은 갈등을 감내하며 여기까지 온 것은, 연리지가 되기 위해서나 조개처럼 진주를 만들기 위한 과정이었을까. 어쩜 우리는 이미 연리지가 되어 있는지도 모를 일이다. 종종 아플 때도 같이 아프니 말이다. 어디를 다쳐도 같은 곳을 다치고, 종기가 생겨도 같은 부위에 생기곤 한다. 남편은 혼자 등산을 갔을 때 쉬면서 졸다가도, 꿈속에서 내가 부르는 소리에 깨어난다고 해서 아이들을 황당하게 만들기도 했다. 지구 반대편에 있는 것만큼이나 거리감이 커서 힘들었던 식습관과 취미 생활도, 이젠 웬만큼 비슷해져 한결 편안하다.

비록 큰 줄기부터 하나가 되지는 못했을지언정 은혼의 키에서 작은 가지라도 마주 잡고 여생을 함께할 수 있다면, 그것 또한 연리지에 대한 나의 꿈이 이루어지는 일은 아닐는지. 서로 만나서 죽도록 싸우다가 보니, 한 몸이 되어 있더라는 연리지. 그렇기 때문에 연리지 사랑은 영원하고 위대하기까지 한 것은 아닐까?

아버지의 지게

20여 년 전에 돌아가신, 할아버지 같던 우리 아버지는 쉘 실버스타인의 '아낌없이 주는 나무'처럼 살다 가신 분이다. 쉰을 넘겨서 얻은 이 막내딸을 애지중지하던 그 사랑이 해를 더할수록 더욱 또렷한 모습으로 가슴 한편에 똬리를 튼다.

지금도 초등학교 시절을 생각하면, 시골 학교 작은 교문 앞에 쭈그리고 앉아 계시던 아버지가 떠올라 마음이 설렌다.

"너거 할배가 저어기서 니 찾는데이."

동무가 가리켜 준 쪽으로 달음박질쳐 달려가면, 갓 쓰고 두루마기 입으신 아버지가 마르고 긴 얼굴에 씽긋, 주름살 몇 개 더 그으며 두 팔을 활짝 벌리신다. 젊었을 때 고단한 삶을 살아오신 탓에, 일찍이 해수병(咳嗽病)으로 고생이 심했다. 아버지가 줄기침을 하시면 내 몸까지 오그라들곤 했다. 그런 몸을 이끌고 십 리 길을 걸어 학교 근처의 오일장에 나오신 것이다. 하얀 모시 한복과 대비되는 거칠고 큰 손으로, 주머니를 뒤적여 찾아낸 오 원짜리 종이돈 한 장.

"우리 강아지 배고푸면 이걸로 과자 사 먹거래이."

회색빛 까칠까칠한 수염 아래 긴 앞니를 드러내 보이며, 내 얼굴을 한참이나 비비시던 아버지. 난 그런 아버지가 참 좋았다. 짙고 긴 눈썹을 치켜 올리며 웃으시던 그윽한 그 눈빛은, 언제나 내 가슴을 포근하게 만들었다.

내가 상급 학교에 진학할 때마다 아버지는, 연세답지 않게 과감한 결정을 내려 주셨다. 넉넉잖은 형편에 사내애도 아닌 계집애를 뭣하려 공부 많이 시키냐는 주위 분들의 핀잔이 있을 적마다, 아버지는 내게 이런 말씀을 하셨다.

"여자든 남자든 배워야 하제. 배움이 재산인기라. 니는 아무 걱정 말고 공부만 열심히 하거래이."

이런 아버지 덕분에 나는 중학교 때부터, 동네 또래 중 유일하게 도시로 유학하는 영광을 누리게 된 셈이다.

그런데 문제는 학비 조달의 어려움이었다. 아들 며느리에게 대접 받으며 사셔도 될 연세였으나, 아버지는 앓아누우실 때까지 일에서 손을 떼지 않으셨다. 늦게 얻은 딸자식 뒷바라지를 아들에게 다 맡기기가 미안하셨던 모양이다. 지금도 아버지를 생각하면 으레, 지게 짐을 진 구부정한 모습이 떠오른다. 아버지의 큰 키에 맞춘 길쭉한 지게는 오랜 세월 동안 주인의 손때가 묻어 반들반들했었다. 결국 그 지게에 실은 아버지의 고생이 나를 키워 낸 것이나 다름없다.

이렇게 애환이 묻어나는 아버지의 지게이지만, 한편으론 동화 같은 예쁜 추억도 간직되어 있다. 분홍색, 노란색, 초록색… 계절과 함께 색깔을 달리하는 지게였다. 봄날 산에 나무하러 갔다 오실 때면, 한 아름 진달래가 나뭇짐 위에서 너울너울 춤을 추었다. 안마당에 지게를 세우고 진달래 다발을 내게 건네시는 아버지 얼굴은, 마치 수줍은 소년처럼 불그레하셨다. 내가 받아 들고 팔짝거릴 모습을 상상하며 가풀막진 산비탈에서 힘들게 꺾으셨으리라.

어릴 적 나는 사계절 중 여름을 제일 좋아했다. 아마도 참외, 수박, 옥수수 같은 풍성한 먹거리 때문이 아니었던가 싶다. 아버지는 그런 내 심중을 읽으셨는지 참외밭에 갈 때는 늘 나를 데리고 가셨다. 진초록 넝쿨 속에 숨바꼭질하듯 몸을 숨기고 있는 참외를 찾아내면, 내 마음은 어느새 샛노랗게 물이 드는 느낌이었다. 달콤한 냄새에 군침을 삼킬라치면, 아버지는 벌써 잘 익은 참외 몇 개를 따서 계곡 물에 담그고 계신다. 삼복더위에 뜨뜻해진 참외를 그냥 먹으면 배탈 나기가 쉽기 때문이다. 아버지와 나는 넝쿨이 다치지 않도록 조심조심 따낸 참외들을 지게 위의 바소쿠리에 가득 올린다. 해가 뉘엿할 무렵, 아버지는 돌탑 쌓듯 쌓아올린 참외를 지고 새색시 걸음을 걸으신다. 난 노오란색 아버지 지게를 따라가며, 우리 마을 저녁노을이 세상에서 제일 예쁠 거라고 생각했다.

초록색 지게와 풀 내음도 잊히지 않는다. 꼴이나 퇴비용 풀을 베어서 아버지 키만큼이나 높게 쟁여 지고, 집 앞 개울의 징검다리를 성큼성큼 건너오시는 아버지는, 할아버지가 아니라 녹색을 닮은 청년 같아 보였다. 풀 짐을 풀어놓을 땐 생기 가득한 풀 냄새가 온 집 안에 진동했다. 이밖에도 아버지는 빨강이 눈부셔 외경(畏敬)스럽던 고추,

새까만 오디가 점점이 박힌 뽕나무 가지, 두툼 손 같던 수숫단 등, 지게 등판이 다 닳도록 짐을 지셨다.

'어서 커야지. 어서 직장 가져서 아버지 호강시켜 드려야지.'

수도 없이 되뇌던 다짐이었다. 소원대로 공무원이 되어 첫 출근하던 날, 나는 세상을 다 얻은 것처럼 참으로 기뻤다. 그러나 첫 월급 받던 날 나의 소망은 산산조각이 나 버렸다. 아버지는 가슴 아린 희생만을 남기신 채, 내 곁을 떠나고 말았던 것이다. 오랫동안 병석에 누워 계셔서 뼈만 앙상하게 남은 아버지를 위해, 보약 한 제 짓고 쇠고기도 묵직하게 사 들고 가려 했는데….

진달래가 곱게 핀 수락산에 올랐다. 진달래 꽃잎 한 움큼 따서 입 안에 털어 넣고 질근질근 씹으니, 쌉쌀한 것이 옛 맛을 되살려 준다. 아버지의 분홍빛 지게가 아지랑이 피어오르듯, 눈앞에서 아른거린다.

어머니의 여행 준비

"내가 웬 명(命)을 이래 길게 받았을꼬. 니들 신경 안 쓰게 이제는 네 아배 곁으로 가야제."

올해로 99세이신 친정어머니가 근래 들어 부쩍 자주 하는 말이다.

어머니는 어둠으로 점철된 우리나라의 근현대사를 끈질긴 생명력으로 살아온 민초들 중 한 사람이지만 지금, 그 고난의 흔적은 어디에도 남아 있지 않다. 풀 무더기에서 야생화 한 송이라도 발견하면 옛 동무를 만난 듯 반가워한다. 가끔씩은 동물들과도 곧잘 얘기해서 동화 속 주인공 같을 때도 있다. 좋은 일이 있으면 복사꽃같이 환한 미소를 띨 뿐 요란스럽지 않고, 나쁜 일이 있어도 별다른 반응을 보이지 않고 묵묵히 삭인다.

어머니는 쉰이 다 되어 나를 낳으셨다. 그리고는 홍역을 앓느라 눈만 빠끔히 남을 정도로 열꽃이 심한 나를 안고 살려 달라고, 삼신할머니께 빌고 또 빌었단다. 경기(驚氣)하는 나를 들쳐 업고 어두운 논두렁길을 가로질러, 십여 리 밖에 있는 의원 댁으로 내달리신 일도 여러 번이라고 했다. 그런 애물단지가 조금 자라자 그제는 또, 부모를 일찍 여의면 불쌍한 아이가 될까 봐 노심초사했단다. 내가 결혼할 나이가 되어서는 막내딸 출가도 못 시키고 죽으면 어찌하느냐고 애를 태우시더니, 이제는 우리 큰아이가 대학을 졸업하자 외손녀 결혼식마저 보고 가는 게 아니냐며 농담까지 하신다.

어머니가 내게 들려준 말씀 중에 날이 갈수록 또렷하게 가슴깊이 아로새겨지는 것이 있다.

"애야, 이 세상에는 천 층 만 층 구만 층이 넘는 사람들이 산다는데 우째 내 맘 같기를 바랄꼬. 입안의 혀도 깨물 날이 있는데. 내 좋으면 다 좋제."

내가 행여나 주변 사람들로 인해 마음 아파할 때면, 되풀이되는 말이지만 처음 하는 것처럼 조곤조곤 일러 주던 말이다. 사람 위에 사람 없고 사람 밑에 사람 없다면서, 결코 비굴하지도 오만하지도 않게 일생을 살아온 분이다.

며느리가 말리는데도 불구하고 아직도 당신 빨래는 손수 하신다. 내 팔뚝만큼도 안 되게 가는 다리에도 아랑곳하지 않고 2층으로, 옥상으로 오르내리며 잔일을 돌본다. 그 가녀린 체구로 가난한 집안의 맏며느리 노릇을 어찌 다 해냈는지 나로서는 가늠하기 어렵지만, 아마도 어머니의 타고난 숙명 의식과 긍정적인 성격 때문에 가능했을 것이라 믿어진다.

어머니가 건강하시긴 했지만 일흔이 지나면서부터, 이번 생신 때 안 가면 혹시나 다시는 생신상을 못 차려 드리는 게 아닌가 싶어 조바심이 났다. 그래서 거르지 않고 친정에 내려간 것이 지금에 이르렀다. 이제는 어머니가 그리워 달려가면 언제든 그 자리에 계실 것 같은 믿음이 생겨 버렸다. 그런데 얼마 전부터 어머니 태도가 달라 보인다. 여든이 된 큰형부가 세상을 뜨고 난 후부터이다.

어머니는 나랑 같이 형부에게 문병을 갔을 때, 늙은 사위의 두 손을 꼭 잡고 한참 동안 말없이 바라보았다. 만감이 교차했으리라. 6·25 전란에 참전했던 큰사위의 전사 통보를 받고도 그 사실을 믿을 수가 없었던 어머니는, 설사 잘못되었다 하더라도 당신 눈으로 직접 봐야 했단다. 그래서 약한 아녀자의 몸으로 즐비하게 누워 있던 전사자들의 시체를 일일이 확인하며 돌아다녔던 분이다. 비록 상이군인이 되었을망정, 살아 있음에 감탄하며 사지에서 찾아왔었던 그 사위를 당신보다 먼저 보낸 것이다.

"내가 너무 오래 살았데이."

이 한 마디로 사위를 잃은 슬픔을 대신하려 애쓰셨다.

어머니는 손수 베를 짜서 옷을 지어 입고, 호롱불 아래서 해진 옷과 양말을 기웠던 시절을 얘기하면서, "요즘은 딴 세상을 사는 것 같다."고 했다. 그러면서 가끔 오일장에 나가서 열 켤레씩이나 묶인 양말과, 꽃무늬 옷을 사 놓았다가 내가 가면 그걸 얼른 내주시곤 했다. 어머니가 그것을 살 때의 기분을 헤아리니 마음에 들지 않아도 반갑게 받아 오지 않을 수가 없었다. 그러던 어머니가 이제는 자식과 손주들이 당신 몫으로 사다 드린 새 옷도 꺼내 놓고 가져가서 입으란다. 당신이 돌아가신 후에 불태우면 아깝다는 이유에서다.

"양 서방 고기 사 주고, 애들 한 푼씩 주거래이."

찾아뵙고 떠나올 적엔 늘 그랬듯이, 봉투에 만 원짜리 몇 장을 넣어서 건네주신다. 모아 뒀다가 필요할 때 쓰시라고 한사코 사양하자, 장롱을 뒤적이더니 하얀 봉투 하나를 꺼내 보인다. 돌아가신 후 문상객들에게 술 한 잔 대접할 돈이란다. 내가 어이없어 웃자 어머니도 빙그레 따라 웃는다. 마치 저승길이 며칠간 떠나는 여행길처럼 대수롭지 않게 여겨지나 보다. 오래전에 지어서 벽 높이 매달아 놓은 수의(壽衣) 보따리와, 돌아가신 후에 피울 향나무 조각이 담긴 바구니가 아릿한 기운을 휘감은 채 시야에 걸려든다.

어머니가 갑자기 돌아가시면 어떡하나 불안해질 적에는 무작정 찾아가기도 한다. 그때에 반가워하는 어머니 얼굴은 상큼한 새벽별 같다. 어머니에게 나는 아직도 어리고 안쓰러운 막내이다. 지금 당신보다 아픈 데가 더 많다고 핀잔을 들을 만큼 나이가 들었는데도, 막내딸 어루만지는 손길은 에와 다름없다. 오늘 밤에는 어머니와 오래노록 정담을 나누리라 다짐하며 마주 보고 눕지만, 어느새 눈꺼풀이 무거워진다.

"하마 잠이 오나? 돈 버는 일이 힘들구 말구."

야위었지만 보드라운 엄마 손은 그 전보다 더 살갑게 내 얼굴을 쓰다듬고 머리 밑도 긁어 준다. 꼭 잡은 작은 손이 먼 길 떠나기 전에 내게 수많은 말을 전해 주는 것을 느끼면서, 나는 어릴 적 어머니 품속에서처럼 평온하게 잠이 든다.

토종닭에서 쏟아진 보물

오늘도 영 기운을 못 차리고 이불 속에서 뒤척이고 있는데 전화벨이 울렸다. 호쾌한 큰형님 목소리에 나도 덩달아 생기가 돋는 듯했다. 그러나 여지없이 형님의 전천후 투시안에 걸리고 말았다.

"자네, 목소리가 왜 그런가? 어디 아픈 거야?"

"아 아뇨, 아프긴요."

"자네, 봄마다 한 차례씩 아프더니 또?"

"…."

까닭 모를 서러움과 형님의 다정다감함이 갈마들자 잠시 말을 잃고 말았다. 형님은 환절기인데다, 바빠서 잘 챙겨 먹지 못해 병이 났다며 걱정이 많으시다.

그렇다. 벌써 봄이 왔다. 도시의 빌딩과 아스팔트 색깔을 닮은 긴 겨울이 어서 지나가길 고대했으면서, 이렇게 봄을 맞아 놓곤 맘껏 반기지도 못하고 있다. 물오른 수양버들의 한들거림에서 이내 신록으로 물들여질 산과 들이 그려진다. 하얀색보다 더 눈부신 아이보리

빛 목련 꽃망울은 까만 밤하늘의 별을 닮은 듯, 그 빛이 가슴속까지 투사된다. 환희로 가득 찬 봄의 향연이 버거워서 허우적거리는 봄앓이. 이것에 걸리지 말자고 해마다 다짐하건만 언제나 나의 판정패로 끝나 버려서, 봄이 오길 손꼽아 기다리면서도 한편으론 봄에 대해 두려운 징크스를 지니고 있다.

힘겹게 하루 일과를 마치고 돌아와 옷을 갈아입고 있는데 초인종이 울렸다. 큰아이가 짐 꾸러미에 치인 듯 끙끙대며 들어온다. 어찌된 일이냐는 내 눈빛을 읽었는지, 내가 말하기도 전에 숨 가쁘게 영문을 털어놓는다. 큰댁 근처의 대학에 다니고 있는 우리 아이 편에, 형님께서 음식을 들려 보낸 것이다. 뱃속을 무엇인가로 꽉 채우고 무명실로 단단히 꿰맨 큰 토종닭 한 마리와 황기 묶음, 잘 손질된 주꾸미, 동태 봉지가 형님의 큰 손을 짐작할 정도로 묵직하다.

'아니, 이 일을 어쩌나.'

이런 생각만 맴돌 뿐 다음 일을 진행할 수가 없어 수화기를 들었다.

"형님 앞에선 아프지도, 힘들지도 못하겠어요. 수술한 손목으로 무거운 걸 들지 말랬는데 이 많은 것을….'

"아하 그거? 괜찮아. 내가 손으로 안 들고 배낭에 넣어 짊어지고 왔지. 자네 몸 생각할 줄도 좀 알아라, 식구들만 챙기지 말고. 양껏 먹고 기운 차리게."

눈물이 핑 돈다. 그 무거운 걸 짊어지고 시장에서 집까지 꽤 먼 언덕길을 걸어 오른 형님을 생각하니 목젖이 한동안 아려온다.

어젯밤에 한 번 끓여 놓았던 닭백숙이 생각나 평소보다 일찍 일어났다. 닭이 삶아지는 냄새가 형님 인심만큼이나 구수해서 맡기만 해도 입맛이 도는 것 같다. 아침 식탁에 잘 삶긴 닭을 올려놓았다. 그런데 식구들 반응이 이상하다. 모두들 닭고기 먹기를 꺼린다. 큰아이가 식구들에게 무슨 말을 한 모양이다. 간단하게 아침 식사를 마친 식구들이 집을 나간 뒤, 혼자 덩그러니 토종닭과 마주 앉았다. 탱탱하게 꿰매진 실을 풀어내는 순간, 나는 어느새 박을 타고 나서 놀라워하는 흥부가 되었다. 찹쌀·대추·마늘·밤·은행 등이 서로 엉겨 붙어 반들반들 빛을 내는 모습은, 마치 한데 몰려 있는 보석들 같다.

형님 정성을 먹고 있자니 그동안 형님께서 베풀어 주신 일들이 줄줄이 떠오른다. 형님 내외분은 살가운 친정 부모님 같으셨다. 우리 아이들 출산할 때는 두 분이 함께 병원에서 밤을 꼬박 새며 염려하셨다. 그리고 나중에 안 아프려면 산후조리를 잘 해야 한다며, 어렵게 구한 약을 정성껏 달여 주시기도 했다. 어려운 시기에 공부를 더 하겠다고 했는데도 오히려 기뻐하셨고, 졸업 때 새 지폐가 가득 든 봉투를 건네면서 진심으로 축하해 주실 땐 친정 언니 같고 엄마 같았다. 우리 아이 학교가 큰댁과 가깝다고, 언제든지 찾아와 먹고 쉬었다 가라며 열쇠를 맡기신 일 등, 정이 배인 마음이 한 가득이다.

살아가면서 좋은 인연을 만난다는 것은 그 무엇보다 중요하다. 자식과 부모와의 만남, 형제·부부간의 만남, 스승과 제자·친구와의 만남…. 만남의 행로는 미로와 같아서 그 끝이 행(幸)으로 이어질지 불행(不幸)으로 이어질지는 아무도 모른다. 그래서 사람들이 많은 관심을 가지고 항상 긴장하는 것은 아닐는지. 더군다나 만남 중에는 선택의 여지가 없는 만남이 대부분이어서 흔히들 이를 인복(人福)이라 일컫기도 한다.

"복 중에 재물 복, 명예 복보다 인복이 제일이제."

하시던 어머니 말씀이 떠오른다. 그럼 난 어머니 바람대로 된 게 아닌가 싶다. 고마운 인연들 중 늘 '큼'으로 다가오는 우리 형님. 힘들 때도 하하, 속상할 때도 하하 웃는 법을 가르쳐 주셨지. 음양의 양면을 수도 없이 오가는 세상살이에서, 밝은 면을 잘도 찾아내는 마음이 예뻐서 초로(初老)의 얼굴이지만 여전히 고우신 형님!

나는 형님께 어떤 보물로 채운 토종닭을 드릴 수 있을까. 기대를 갖고 들여다봤을 때, 텅 비어서 실망하지는 않을지 걱정이 앞선다. 나와의 만남이 작지만 부디 복이었다고 여겨질 수만 있다면 참으로 다행이련만….

생일 선물

"보리 이삭이 마악 패기 시작하는 늦봄, 해거름이지 그때가. 왜 시
계 볼 생각도 못했던고. 참 바보제."

출생 시(時)를 물으면 어머니는 이런 답변을 하시며 미안한 듯 미소
를 지으신다. 바쁜 농사철에, 더군다나 쉰이 다 된 연세에 힘들게
나를 낳으셨을 어머니 모습을 그려 보면, 얼마나 경황이 없었을까
싶어 나는 그만 죄인인 양 송구스러워진다.

결혼을 한 후로는 생일 때마다 이런 어머니 생각이 층을 더해서,
지금은 내가 그 산고를 겪는 느낌이 들곤 한다. 덕분에 생일날 남편
이나 아이들이 내게 소홀해도 서운함이 덜했던 것 같다. 나이가 들어
가면서 생일 미역국을 손수 끓여 먹는 것이 싫어져, 올해는 그냥 평
소처럼 지내리라 마음먹었다.

그런데 집안에 작은 변화가 일어났다. 생일 전날, 대학생인 큰딸과
올해 갓 대학생이 된 둘째가, 저희들이 생일상을 차리겠다고 나섰다.
기특하긴 했지만 이제껏 음식을 만들어 본 적이 별로 없던 애들이라

반신반의했다. 당일 아침이 되자, 나보고 문밖으로 나오지 말라며 방문을 닫는다. 마침 일요일이어서 모처럼 느긋하게 누워 있자니, 이게 얼마 만에 찾아온 여유인가 싶어 마냥 좋았다.

이제나저제나 기다리고 있는데, 해가 중천에 떴을 즈음에야 부르는 소리가 났다. 남편과 함께 환영식 파티에 등장하는 주인공처럼 쑥스러워하며 나와 보니, 식탁에 반찬은 차려져 있는데 어쩐 일인지 밥이랑 국이 안 보인다. 우리가 의아해하니까 선물 증정을 먼저 해야 된단다. 해서 선물이라고 하는, 식탁 위에 놓인 진노랑 상자를 여는 순간, 눈을 의심하지 않을 수가 없었다. 조금도 예상하지 못했던 선물이었기 때문이다. 언뜻, 꿈속에서 본 듯한 장면이 스치고 지나간다. 달포 전에 내가 남편용으로 마련한 것과 똑같은 밥그릇 일습이, 나를 보고 반가운 듯 빛나고 있다.

아이들이 커가면서 차츰 가장의 권위가 필요하다는 생각이 들었다. 그들 문제로 내 능력에 빅찬 일과 맞닥뜨릴 때는 더욱 그랬다. 맞벌이를 하는 관계로 남편이 집안일과 자식들 돌보는 일을 많이 도왔다. 아이들이 고등학생이 되었을 때는, 시간에 쪼들리는 그들을 위해 나 대신 간식도 챙겨 주고, 밤길에 위험할까 봐 데리러 가기도 했다. 그러다보니 저희 아빠를 단지, 자기들을 위해 존재하는 편한 사람 정도로만 여기는 것 같았다.

그래도 대학에만 들어가면 아빠에게 받았던 은혜를 갚을 줄 알 거라 철석같이 믿었다. 하지만 내 예상은 보기 좋게 빗나가고 말았다. 가족보다 기계나 친구들과 더 친해 있는 듯하다. 집에 있는 날도 컴퓨터 앞에 앉아 있거나 전화 통화하는 시간이 길어지면서, 가족 간 대화 부족은 물론 저희 아빠를 위한 배려는 안중에도 없다. 심지어 차 한 잔을 부탁할 때도 상황을 살펴가면서 해야 할 형편이 되었다. 가족 해체의 위기라는 우려의 말이 실감나서, 머릿속이 혼란스러워 지기 시작했다. 부모에게서 받는 습관만 들어 있는 자식을 훈계하다 가 문득, 내 탓이라는 생각이 들었다.

어린 시절엔 아버지 주발이 참 멋지게 보였다. 어머니의 부지런한 손에 잘 닦여 언제나 반짝거렸고, 배가 불룩했던 놋 밥그릇. 그 주발 은 요즘 밥공기로 두 배의 밥이 능히 담길 만큼 컸다. 고봉(高捧)으 로 눌러 담은 쌀밥 위에 베레모를 쓴 듯 얹혀 있는 뚜껑을 열고, 김이 모락모락 나는 밥을 수북이 떠서 드시던 아버지는 늘 대단한 존재였 다. 자상하지만 위엄이 배어날 수 있었던 것은 아마도, 아버지만의 '구별'이 있었기 때문은 아니었을까.

그래서 자식들에게 가장의 존재를 인식시키기 위해 제일 먼저 생 각한 것이 밥그릇이었다. 양성 평등이나 호주제 폐지 등 페미니즘을 누구보다 찬성하지만, 차별이 아닌 구별은 필요하다는 생각이 들었 다. 짬을 내어 남대문 그릇 상가에 들렀다. 여러 곳을 돌아다니면서 우리 아버지의 밥그릇만은 못하지만, 제일 멋있는 것으로 골랐다. 남편에게 고풍스런 밥그릇과 수저를 갖춰 밥상을 차려 주니 왜 자기 것만 샀냐며 나무랐지만, 번지는 미소에서 때늦은 감이 들어 되레 미안한 마음이 들었다.

그런데 지금 그것과 똑같은 그릇이 나를 반기고 있지 않은가. 아마도 내 생일 전날, 큰아이가 학교 MT를 다녀오는 길에 남대문 시장에 들렀던 모양이다. 생전 처음 가보는 그 넓은 곳에서, 내가 샀던 남편의 밥그릇과 똑같은 것을 사기 위해 얼마나 돌아다녔을까? 내가 두 벌이 들어 있던 상자에서 한 벌만 빼내 온 것인데, 딸이 그 짝을 맞춰 주고 싶었던 게다.

짝을 찾은 그릇에 음식이 담겨 나오자, 남편이 아이들을 보고 한 마디 한다.

"신혼 때 아빠 밥그릇이 따로 있었는데, 언제부턴가 없어지더라. 그런데 다시 생기니까 그날은 사실 대왕마마가 된 것 같았지."

"그럼 나는 왕비마마?"

우리 내외의 농담 끝에 아이들이 '대왕마마', '왕비마마'를 복창하여 한바탕 웃음꽃을 피웠다. 비록 저희들이 만들 수 있는 반찬은 시금치 무침, 콩나물 무침, 자반고등어 조림에 미역국이 고작이었지만, 산해진미로 가득한 왕비마마의 밥상을 받은 기분이었다. 뜻밖의 '왕비마마' 그릇이 생긴 탓에 내가 바랐던 '구별'의 선은 다소 희미해졌어도, 올해 생일 선물은 오래도록 내 마음에 남을 것 같다.

어아~

　　퇴근길에 지하철 음악회를 보고 왔다며 싱글거리는 남편과 잠시 담소를 나누고, 세안을 하려던 참이었다. 전화선을 타고 들려오는 낯선 남자의 다급한 목소리가 불길한 예감을 몰고 왔다. 둘째 아이가 교통사고를 당했다는 것이다. 불과 십여 분 전에 중랑천 변으로 조깅하러 간다며, 옥구슬이 굴러가듯 밝게 인사하고 집을 나섰는데 웬 날벼락이란 말인가.

　　머릿속이 하얘지는 가운데서도 딸의 생사만이라도 확인해야겠다는 생각이 번뜩 든다. 내 딸을 바꿔 달라고 소리쳤다. 잠시 후 어수선한 소리들과 함께 끊어질 듯 가느다랗게 울부짖는 딸 목소리가 들렸다.

　　"어아~"

　　'엄마'라는 듯한 소리가 한 번 들리더니 그 다음 말이 없다. 아무리 애타게 불러 봐도 대답은 없고 지옥 같은 두려움만 한가득 밀려올 뿐이다. 차 소리만 쌩쌩거리다가 전화는 끊겨 버리고 말았다. 가슴이 철렁 내려앉는다. 얼마 전에 목격했던 교통사고 현장이 빠른 속도로 뇌리를 스치고 지나간다. 아스팔트 위에 피를 흥건히 흘린 채, 꼼짝 않고 큰 대자로 누워 있던 한 청년의 모습이….

남편은 곧장 사고 지점으로 달려가는데, 나는 발이 떨어지지 않는다. 간신히 정신을 차리고 얼굴에 묻은 비누를 대충 닦아 냈다. 그리고는 핸드폰만 집어 들고 달려나갔다. 도중에 남편에게서 전화가 왔다. 택시 타고 백병원 응급실로 오라는, 거역 못할 통첩 같은 말만 남기고 급하게 전화를 끊어 버린다. 그런데 택시비가 없다. 다시 집으로 냅다 달렸다. 현관 번호 키를 눌렀는데 계속 문이 안 열린다. 수도 없이 눌렀던 비밀번호를 잊어버린 것이다. 바닥에 털썩 주저앉았다. 잠시 머리를 감싸 안고 있다가, 다시 한 번 천천히 눌러 보니 그제야 문이 열렸다.

야전 병원을 방불케 하는 응급실은 초만원이다. 병상을 다 둘러보아도 내 딸은 보이지 않는데. 이찌된 일일까. 숨이 막히는 공포감이 온몸을 옥죄기 시작하는데 저기, 응급실 구석 쪽 의자에 쓰러지듯 기대어 앉아 있는 딸아이가 보였다.

'살아 있구나, 살아 있어 주었구나!!'

간호사가 피범벅이 된 아이의 얼굴을 닦고 있었다. 맹수에게 할퀴고 물어뜯긴 것 같은 몰골로 벌벌 떨고 있던 아이가 나를 보자 또 "어아~" 하면서 흐느낀다. 윗니가 아랫입술에 박혀 입을 움직일 수가 없는 형국이 되어 있다. 의사가 치과 치료를 서둘러야겠다고 했다. 앞니 네 개가 부러지고 아랫입술이 심한 파열과 함께 관통상을 입었다. 오른쪽 발과 치조골이 골절되었고 얼굴에 찰과상도 심하다. 살아났다는 안도감이 지나고 나자, 이제 이 상황을 어떻게 수습해야 할지 걱정이 밀려오기 시작한다. 스물두 살 어린 나이에 돌이킬 수 없는 상처를 입다니.

경찰들이 사실 확인을 하러 나왔다. 딸아이는 보행자 신호 시에 다른 차들이 멈추는 것을 확인하고 횡단보도를 건넜다고 한다. 그런데 중간쯤에서 느닷없이 가해자 차량이 덮쳤다는 것이다. 그 충격으로 튕겨 나가서 얼굴 쪽이 먼저 땅에 떨어졌다는 결론이 나왔다. 가해자가 옆에서 죄송하다며 꾸벅거리고 있다. 저절로 그 얼굴을 외면하게 되었고, 나무라는 말 한 마디조차 할 기력이 없다. 아니, 하고 싶지가 않았다. 애를 이 지경으로 만들어 놓고 죄송하다는 말이 무슨 소용이란 말인가.

환자복으로 갈아입혀 놓으니 더 초췌해 보이는 딸아이가 그 와중에도 아빠 엄마에게 걱정을 끼쳐서 미안하다고, 부정확한 발음으로 더듬더듬 말을 한다. 분노가 치밀어 오른다. 지키라고 있는 교통법규를 왜 안 지켜서 내 딸에게 이런 고통을 주는지, 저 하늘 끝까지 들릴 만큼 크게 외치고 싶었다. 그 어떤 흉악범이나 말기 암보다 더 무서운 것이 안전 불감증이며, 이것이 우리나라를 사고 왕국으로 만들어 놓았다던 신문 기사가 내 마음을 대변해 주듯, 또렷한 목소리로 되살아난다.

아무에게나 화풀이를 하고 싶던 내 분노는 끝내 경찰관에게 터지고 말았다. 아이는 빨대로 음식물을 삼키고 걷지도 못하는 상황인데,

담당 경위가 우리를 죄인 다루듯 했다. 피해자 진술서를 써야 하니 아이를 데리고 경찰서로 오란다. 출장 조사를 못하는 이유가 단지, 업무가 바쁘고 아이가 입원한 2차 병원이 어디인지 모른다는 것이었다. 대한민국 경찰의 현주소가 아직도 여기까지밖에 안 된다는 것이 한없이 답답했다. 못마땅함을 꾹꾹 누르며 아이와 함께 경찰서로 향했다. 그런데 교통사고 조사실은 경사가 가파른 계단을 올라가야만 하는 2층에 있다. 아이가 아빠 등에 업혀 가는 것을 한사코 거절한 채, 목발을 짚고 힘겹게 계단을 올라간다. 안쓰러워서 목울대가 들먹거린다.

일본 경찰을 연상케 하는 야비한 모습의 담당 경위를 보는 순간, 내게는 이미 교양이란 사라져 버린 상태다. 그러니 내 언동이 고울리가 없다. 평소에 믿었던 경찰은 이런 모습이 아니었다며 따지는 내 행동에 심히 불쾌해하던 그 경위는 잠시 후, 권위주의적인 태도를 조금 바꾸더니 출장 조사를 못 나가게 된 것에 대한 변명을 늘어놓기 시작했다. 여자는 약하지만 어머니는 강하다는 말처럼, 자식과 연관된 일이 생기니 세상에 두려울 게 없을 정도로, 스스로도 놀랄 만큼 용기가 생겼다.

학교에 휴학계를 제출하고 병원 신세를 지고 있는 아이를 어린 자식 안 듯 품안에 꼬옥 안았다. 어릴 때 유난히 호기심이 많고 씩씩해서 사내처럼 행동하던 아이가, 어느새 꿈에 부푼 숙녀가 되어 있다. 좀 더 아날로그적인 사람이 되게 하려고 잔소리도 심했고, 개성이나 세대차를 인정하기보다는 부모식대로 따라오라고 강요도 많이 했다.

엄동설한에 약속한 귀가 시간을 어겼다고 현관문 밖에서 떨게 하는 등, 아이의 마음을 아프게 했던 기억들이 날카로운 송곳이 되어 가슴 팍을 찔러댄다.

대학생이 된 후 자기 일을 알아서 하겠다며 간섭을 싫어하는 아이를 보고, 대견함과 서운함을 동시에 느끼면서 내 손에 연결된 아이의 끈을 서서히 놓아도 되겠다고 생각했었다. 혼자서도 잘 살아갈 것 같았기 때문이다. 그런데 지금 내 가슴에 기댄 이 아이는 젖먹이나 다름없는 어리고 귀한 내 아기일 뿐이다. 이유식을 먹일 때처럼 찻숟가락으로 밥을 먹여 주고, 사고 당일에 가슴을 쓸어내리듯 떨리는 손길로 긴 머리를 감긴다. 상처를 피해 가며 조심조심 얼굴을 씻기면서, 자식은 영원히 엄마 품에서 떠나지 못할 것임을 신의 계시처럼 가슴 깊숙이 받아들인다.

백세가 다 되신 친정어머니가 지금도 아기 다루듯 내 얼굴을 어루만지시는 진리를 십년감수할 큰일을 겪고서야 깨닫게 되다니.

유쾌한 유산 다툼

딸들 방 형광등을 LED로 바꿔 다느라 공휴일이 분주하다. 긴 수명과 절전 기능도 좋지만, 무엇보다 밝기가 확연히 다르다. 찬연한 빛이 딸들의 마음을 움직였나 보다. 팔을 걷어붙이고 방 정리에 돌입하는 모습에서 생기가 묻어난다.

나도 덩달아 해야 할 일 하나가 섬광처럼 떠오른다. 사진 정리이다. 7년 전, 이 집으로 이사할 무렵에 하려다 덮어 두었고, 그 후에도 집 안 정리할 적에 몇 번 더 시도했던 일이다. 이 일이 매번 미루어진 것은 사진이 많기도 하지만, 가족이 다 모였을 때 하고 싶었기 때문이다. 그런데 장성한 아이들과 한가롭게 둘러앉을 시간은 좀처럼 마련되지 않았고, 그러다가 흐지부지되고 말았다.

딸들 일이 거의 끝날 즈음, 거실에다 사진을 수북이 쏟아 놓고 오늘의 과제를 알렸다. 마침 아들도 제대해서 온 가족이 함께할 수 있으니 이보다 더 좋은 기회는 없을 터, 이런 생각을 해낸 스스로가 내견스럽기까지 하다. 아이들이 의외로 눈을 반짝거리며 의욕을 보인다. 작은딸이 벌떡 일어나더니 사진함으로 사용할 상자를 여러 개 가져와서 입맛대로 고르란다. 공간 차지한다고 타박을 받으면서도 예쁜 상자나 포장지를 꿋꿋하게 쟁여 두는 버릇 덕분이다. 큰딸이 맏이답게 분배 규칙을 정한다. 같이 찍은 사진은 본인이 제일 잘 나왔거나, 꼭 가지고 싶은 사람이 가져가기로 하잔다. 동생들도 흔쾌히 동의한다.

아이들이 어렸을 적에는 특별한 일이 없는 한, 휴일마다 나들이를 했고 사진 찍기는 필수였다. 어디서든 습관처럼 찍어 둔 사진들이 오늘 우리 가족을 한 자리에 모아 놓고 재롱잔치를 벌이는 것 같다. 시집갈 나이에 접어든 딸들이지만 이 순간, 영락없는 어린아이다. 그러나 값비싼 재산 분배에서는 한 치의 양보도 허용하지 않는 인간의 속성을 여실히 드러내고 있다. 어떤 사진을 보나 눈 속으로 집어넣으면 그뿐, 눈빛이 바뀌지도 않는다. 특히 큰딸은 일전에 아끼던 핸드백을 송두리째 잃어버리고, 애를 끓이느라 입술이 부르텄는데도 피곤한 기색이라고는 보이지 않는다. 너희들 다 떠나고 우리가 볼 것이라는 둥, 디지털 세대인 너희들에게 이 사진이 왜 필요하냐는 둥, 탐탁잖게 여기던 남편의 볼멘소리가 뚝 끊겼다. 추억 보따리에 마냥 흐뭇해하던 나도, 어느새 아이들의 기세에 빨려들어 팽팽한 긴장감을 호흡하고 있다.

그런데 갑자기 저희들끼리 설전이 벌어졌다. 작은 사진 한 장을 세 사람이 동시에 잡아당기면서 서로 가져야 할 이유를 댄다. 쉽게 결정될 것 같지 않자, 큰딸이 규칙 하나를 추가한다. 이럴 경우에는 모두 부모님께 남겨 두자는 제안이다. 동생들은 이번에도 순순히 따른다. 나는 뒷전에서 젊은 날의 노트를 뒤적이듯, 감상에 젖어 있다가 남편으로부터 심각성도 모른다고 핀잔을 들었다. 정신을 차리고 보니 내 상자에는 사진이 별로 없다. 노후에 일용할 재산을 자식들에게 죄다 빼앗겨 버린 것같이 조바심이 일어나기 시작했는데, 큰딸 덕분에 안도감이 돈다. 하마터면 큰일 날 뻔하지 않았는가.

자세를 고쳐 앉으며 살피다 보니, 우리 부부 몫으로 남겨질 사진 무더기가 커지는 것보다, 더 크게 나를 안심시키는 장면이 퍼뜩 눈에 들어온다. 먹잇감을 찾는 송골매의 눈빛으로 자기 몫을 톡톡히 챙기고 있는 듬직한 아들 모습이다. 식구들의 사랑을 받고만 자란 아들이 각박한 세상을 어찌 헤쳐 나갈지 늘 염려스러웠다. 욕심도 없고, 대차지도 못해서이다. 고등학생 때도 정작 자기 성적은 아랑곳없이 친한 친구가 총점 얼마 차이로 전교 1등을 놓쳤다고, 자기 일인 양 안타까워하던 너석이나. '너는? 네 성적이나 좀 신경 써라.'는 말이 목구멍까지 올라와도 차마 하지 못해 가시처럼 걸렸었는데, 이제 봄눈 녹듯 스러진다.

동생들이 사진 한 장을 들여다보며 큰애 볼에 심술이 우글우글하다고 마구 놀려댄다. 둘째 딸 백일 사진이다. 동생을 안은 할머니 옆에 가까스로 붙어 앉은 모습으로, 공주 풍의 원피스는 차려입었으나 불만에 가득 찬 얼굴이다. 금방이라도 울어 버릴 것처럼 눈물이 그렁그렁하다. 두 살 터울 동생에게 엄마 품을 내주고, 어린것이 양보의 법칙을 체득하느라 눈물바람을 하던 일들이 짠하게 떠오른다.

말괄량이였던 둘째는 얌전하게 찍은 사진이 별로 없다. 머리 묶는 것도 싫어하고 치마보다는 바지를 즐겨 입으며, 주로 사내애들과 어울리던 아이였다. 다섯 살 아래인 남동생과 욕조에서 목욕하는 사진은 온 식구가 얼굴이 빨개지도록 웃게 만들었다. 또 한 장을 들고 거꾸로 봤다, 바로 봤다 하며 까르르거린다. 세 녀석들이 뒤엉켜 있어서 누구의 팔다리인지 구분이 안 간다. 그때 뒹굴던 버릇이 20년 세월이 흐른 지금도 여전하니, 혈육 간의 나이테는 자라지 않는 법인가. 누나들이 남동생을 돌보는 사진이 유난히 많다. 기저귀 갈아 주고, 먹이고, 놀아 주고…. 동생이 걷는 것도 아까워서 낑낑대며 업고 다니던 누나들이다. 그런 사진을 받아 든 아들 눈에 누나들이 고마워 어쩔 줄 모르는 빛이 역력하다.

깔깔대다가 펑 터지기를 여러 번, 시나브로 사진 나누기가 끝이 났다. 다들 자기 몫으로 할당된 유산이 흡족한 모양이다. 아이들이 부동산 문서 챙기듯 꼭꼭 집어넣은 사진 상자를 가슴에 품고 총총히 사라지려는 순간, 남편이 다급하게 그들을 불러 앉힌다. 사진들을 컴퓨터 압축 폴더에 저장해 가고, 이것은 나중에 우리 부부의 소일거리로 남겨 두란다. 가지고 가더라도 결혼할 때 가져가란다. 갑자기 뜨악해진 아이들, 잠시 멈칫거리는가 싶더니 이내 수긍을 하곤, 이름을 또박또박 쓴 스티커를 저마다 야무지게 붙여 놓는다. 누가 뭐라고 하든, 이 재산은 자기들에게 소유권이 있다는 듯.

내 지분으로 돌아온 사진이 아이들 것보다 훨씬 더 많다. 살벌한 유산 소송에서 기어코 내 몫을 지켜 주기라도 한 듯, 남편이 은근히 고맙다. 행여나 시름겨운 날들이 밀려온다면, 나는 햇살 바른 창가에서 이 사진 꾸러미를 활짝 펼치리라. 기억의 갈피갈피를 되작이며 새로이 삶의 의미와 가능성을 찾아갈 것이다.

훗날, 어쩌면 물려줄 재산이 없을지라도 아이들이 사진 상자 하나라도 들고 가면서 위로를 받았으면 좋겠다. 아, 여기에 육아 일기장도 두 권씩 얹어 주마. 그러면 조금은 덜 서운하려나?

딸들과 손을 잡고

공항 가는 길, 으레 따라붙는 설렘에 무슨 색이 덧칠된 걸까. 여느 때와는 사뭇 다른 마음에 조금은 어리둥절하다. 흡사, 뜻밖의 선물을 받아 들고 고마워서 어쩔 줄 몰라 하는 아이 같다. 세 모녀끼리만 떠나는 여행인데도 운전대를 잡은 남편의 얼굴에 미소가 흐른다. 그런 그에게 미안한 마음이 더해졌으리라.

혼기에 찬 딸들을 걱정하던 중, 둘째 딸이 먼저 결혼을 하겠단다. 예식을 한 달 정도 앞두고 딸을 어떻게 떠나보내야 할지 고민이 많았는데, 마침 딸들이 여행을 가자고 했다. 직장에 다니랴, 결혼 준비하랴 동동거리는 딸에게 말을 붙이기도 망설여졌는데, 어쩌면 내 마음을 이토록 잘 읽었을까. 동생이 결혼을 하고 나면 아무래도 자유롭지 못할 것을 짐작하고, 큰딸이 먼저 말을 꺼낸 모양이다. 어디로 가고 싶으냐고 물어왔지만, 아무 데면 어떠랴. 우리들만의 오롯한 시간이 기다리고 있는 곳이면 어디라도 좋았다.

60여 개의 호텔이 숲을 이루고 있는 마카오가 화려한 빛으로 우리를 맞이한다. 쉐라톤 그랜드 호텔에 여장을 풀고, 일정을 꼼꼼히 살피는 딸들도 들뜨기는 매한가지인가 보다. 교사인 딸들이지만 마치 수학여행 온 학생들 같다. 저적에 따로 왔을 때는 선뜻 경험하지 못했던 것들을, 이번에는 엄마에게 효도한답시고 과용하는 눈치다. '베네시안', '파리지앵'처럼 지구촌의 특징을 옮겨다 놓은 호텔들을 투어하면서, 나름의 문화를 체험하는 것도 색달라 흥미로웠다. 포르투갈의 식민 지배를 받았던 마카오와 영국의 식민지였던 홍콩에는 유럽 문명이 깃든 유적들이 곳곳에 남아 있다. 우리는 악사가 프레스토(매우 빠르게)와 라르고(매우 느리게)를 겨끔내기로 연주하듯, 현대 문명의 현장을 숨 가쁘게 쫓아다니다가 유적지에서는 느릿느릿 걸었다.

줄곧 딸들 손에 이끌리고 있는 나를 보면서, 놓칠세라 이 아이들의 작은 손을 힘주어 잡고 다니던 젊은 날 내 모습이 떠오른다. 어느 거를에 내기 딸들의 보호를 받고 있나. 방향 감각이 밝은 둘째는 앞서서 길 찾기를 하다가, 행여 첫째가 내 손을 놓기라도 할 시에는 불호령을 내린다. 떠나오기 전에 저희들끼리 역할 분담을 약속한 것 같은데, 나는 갑자기 노인이 된 기분이다. 하지만 언짢기는커녕 되레 어리광이라도 부리고 싶어지니 참, 어처구니가 없다.

세대교체는 이렇게 이루어지는가, 때늦은 깨달음이다. 저 아이들이 주인공인 시대가 진작부터 열려 있었던 것을. 한 울타리에서 살다 보니 부모가 자식을 보호해야 한다는 관성에서 벗어나지 못했을 뿐이다. 지는 해가 되어 가는 내 처지가 안타깝다는 마음보다, 진홍빛 밝은 해로 떠오르는 딸들에게 보내는 박수 소리가 더 크다.

홀리데이 인 호텔 카페에서 긴 대화를 나누었다. 이번 여행이 더없이 보람 있었던 이유이기도 하다. 집에서 틈틈이 결혼 이야기를 했지만, 늘 아쉬움이 남았었다. '에프터눈 티(Afternoon Tea)' 세트가 나왔다. 먹기에도 주저되는 4단 디저트를 가운데 두고, 우리는 홍차나 커피 잔을 들어 올려 건배를 외쳤다. 웨이트리스가 촛불 조명 아래 안온하게 둘러앉은 세 모녀에게 환한 미소로 관심을 보인다. 몇 차례 차를 리필하러 오더니, 사진도 찍어 주겠다고 한다. 화기애애하게 이어지는 대화 속에서, 가깝다고 여겨 오히려 알지 못했던 소중한 것들을 발견한다. 부모와 자식 간의 벽을 걷어 내고 격의 없이 얘기하는 시간은, 말 그대로 황금 같다. 행복했던 순간들은 물론, 힘들었던 일까지도 실타래를 풀어놓듯 한다. 학창 시절에 아빠 엄마의 지나친 간섭이 너무 싫었다고, 둘째 딸이 거침없는 발언을 한다. 나는 죄인이 되어 미안하다고, 참으로 미안했다고 사과한다. 외향적이고 개성이 강한 아이를 조신하게만 키우려 했던 불찰이 토해 내는 회한은 신음처럼 꾸물거린다.

그럼에도 불구하고, 관심이 간섭으로 받아들여지기 십상임을 알면서도 이 어미는 기어이, 큰딸의 힘을 빌려 또 당부를 꺼내 들었다. 평소 같으면 건성으로 대꾸하고 말았을 텐데, 뜻밖에도 고분고분한 대답이 돌아온다. 더군다나 자기가 명심해야 할 것들을 맹세라도 하는 양, 조목조목 되새김질을 한다. 적이 안심이 된다. 모녀지간을 넘어 사람 간의 진솔한 소통을 하고 있다는 사실이 이렇게 고마울 수가 없다.

아이의 결혼 전에, 딸을 가진 어미로서 느끼는 사명감 같은 것이 있다. 시댁과의 원만한 관계를 위해서 딸을 설득하는 일은 쉽지가 않다. 시대가 달라진 것을 감안한다 해도 잊어서는 안 될 기본 도리는 있지 않은가. 무엇보다 내 자식이 사소한 갈등으로 귀한 시간을 낭비하지 않았으면 하는 마음이 더 컸을 것이다. 여행을 오기 전에도 여러 번 화젯거리로 삼았던 일이다. 딸이 이해를 하지 못할 적에는 종내, 남동생을 예로 들면서 역지사지의 마음을 심어줄 수가 있었다. 아들을 낳아야 한다고 집요하게 나를 괴롭히시던 친정어머님께 처음으로, 고맙다는 말을 묵은 그리움 위에 잠뿍 얹어 하늘로 올려 보낸다. 언성을 높이지 않고도 딸, 아들의 입장을 바꿔서 헤아릴 수 있는 기회를 주셨으니, 이 얼마나 고마운가.

여행지에서의 마지막 밤이다. 5일간의 꿈같은 여정이 모두 끝난다고 생각하니 아쉬움이 앞선다. 딸들도 같은 마음인가, 여태껏 해 본 여행 중에서 제일 행복했다고 한다. 나는 내게 할 효도는 이것으로 충분하다고, 이제는 각자의 삶에 충실하면 된다고 화답했다. 두 딸이 양쪽에 누워서 내 손을 나눠 잡는다. 특히 둘째는 이별을 의식해서인지 잡은 손을 쉬이 놓지 못하고 애만진다. 침묵이 못 다한 정담을 하염없이 들려준다. 딸들이 잠 든 후에 살그머니 일어나 커튼 자락을 들쳐보니, 마카오 시내의 현란한 호텔 불빛들이 밤을 지키고 있다. 저 많은 객실에 묵고 있는 사람들도 나처럼, 맑은 충만감으로 잠을 설치고 있는 것일까.

딸에게 아내로서, 며느리로서 지켜야 할 도리를 거듭 당부하는 중에도, 가슴은 속울음을 삼키듯 저려 왔다. 반대하는 혼사도 아닌데 왜일까. 숙명! 여자라서 겪어야 하는 운명 때문이라는 것을 가까스로 알아차린다. 한 여자아이가 여인이 되고, 어머니가 되어 살아내야 하는 삶의 무게를 알기 때문일 것이다.

그러나 딸아! 인류학자 엘리자베스 토마스가 ≪세상의 모든 딸들에게≫에서 한 말을 위안으로 삼으면 어떻겠니?

"남자가 위대하다면 여자는 거룩하다. 왜냐하면 세상의 모든 딸들은 이 세상 모든 이의 어머니이기에."

하늘이 노랬다

동네 아낙들 웃음소리가 종다리 지저귐만큼이나 마음을 설레게 했었다. 빙 둘러앉아서 목화솜 이불을 꾸미고, 잔치 음식을 만드는 손길들이 무척이나 분주했었지. 공연히 들썩거려서 이곳저곳 기웃대던 내 어릴 적 모습이, 바쁜 와중에도 구메구메 스쳐 지나간다. 큰딸 혼사를 앞두고, 그때 기억이 무시로 떠오르는 데는 그럴 만한 이유가 있는 것 같았다. 짧은 시간에 판박이로 진행되는 결혼식이 아쉽기도 하거니와, 하객들에게 흥성한 대접을 못하는 것이 미안하기 때문이리라.

무엇인가는 해야만 했다. 그래서 가까운 친척들만이라도 나누어 드릴 찰떡을 만들기로 했다. 찹쌀과 서리태를 주문하고, 미리 구입해 둔 밤과 은행은 마치 수공예품을 만들 듯, 죽치고 앉아서 껍질을 벗겼다. 경동 시장에 가서 밤콩을 자루째 사다가 깠다. 결혼식 전날 손질한 재료들을 떡 방앗간에 맡기고, 과일을 사러 청과 시장에도 들렀다. 밤이 이슥토록 떡과 과일 포장을 마치고, 식구들 양복이며 내 한복도 다림질을 해 뒀다.

당일 아침, 욕실에서 나오던 큰딸이 미끄러지는 바람에 얼마나 놀랐는지. 어제는 직장에서 발가락을 다쳐 와서 병원엘 데려가게 만들더니…. 놀란 가슴을 진정시키고 서둘러 신부 메이크업 장소로 보냈다. 그 사이에 출장 메이크업사가 30분 일찍 집에 도착한다는 메시지를 보낸 모양이다. 떡과 과일을 담은 박스 네 개, 예식장에서 갈아입을 한복 상자 하나를 서재 책상 위에 나란히 놓아두고, 메이크업 받을 준비를 했다. 도중에 남편과 아들에게 그 짐들을 차에 싣도록 부탁했다. 토요일이어서 동부간선 도로를 타고 양재동까지 가는 길은 몹시 막힌다는 것을 알고 있는 터라, 마음이 조급해지기 시작한다. 그런 내 마음을 아는지 모르는지, 남편은 딸에게 건넬 편지가 성에 차지 않는지 다듬기를 거듭한다. 아들 역시 늑장을 부리고 있다. 차에 걸고 갈 양복 상의를 양손에 받쳐 들고 두 남자들에게 재우쳤다. 행여 늦기라도 한다면 그런 실례는 없을 것이기 때문이다.

예상대로 예식장 가는 길은 가다 서다를 반복하는 형국이다. 앞좌석에 앉은 부자는 그제야 다급했는지, T-map으로 실시간 빠른 길을 찾느라 애를 쓴다. 몇 주 전 예식장에 시식을 하러 갔을 때도 약속 시간에 늦어서, 사돈께 죄송했던 마음이 아직도 체한 음식같이 거북스럽게 남아 있는데…. 원망도 잠시, 뒷좌석에서 입을 다문 채 길이 뚫리기를 간절히 기도할 뿐이다. 가까스로 예식 1시간 10분 전쯤 웨딩홀 주차장에 도착하여, 한복 상자를 들고 먼저 올라가기로 했다.

주차와 동시에 튕기듯 뛰쳐나와 트렁크를 열었다. 그런데 이게 어찌된 일인가! 한복 상자가 없다. 아무리 눈을 비비고 찾아봐도 보이지 않는다. 이래서는 안 되는 일이다! 순간, 하늘이 노랗다. 발이 바닥에 들러붙고 아무 생각도 할 수가 없다. 어쩌지? 어떡하지? 사태를 파악한 남편과 아들은 의외로 침착하다. 집에 두고 온 한복을 다시 가져오기에는, 목숨 건 퀵 서비스로도 도저히 불가능한 일이라고 잘라 말한다. 그리고는 이미 도착해 있다는 큰딸에게 이 사실을 알리고, 주변 한복 대여점을 검색하느라 바쁘다. 대여점에서 25분 후에 적당한 한복을 가져다줄 수 있단다. 사돈과 같이 머리를 맞대고 앙상블로 마련한 한복인데…. 안타까움이 폭풍처럼 밀려온다. 출발하기 전에 내 눈으로 직접 확인을 했어야 했다. 무엇에 홀린 사람같이 빨리 가야 한다는 것에만 정신이 팔렸었다. 그러고 보니 책상 위에 있는 떡과 과일만 강조했을 뿐, 함께 놓인 한복 상자는 으레 같이 실을 걸로만 여겼다. 어쨌든 모든 게 내 불찰이다. 장승처럼 서 있는데, 큰딸에게서 신부 대기실로 올라오라는 연락이 왔다. 딸의 시이모님께서 한복을 빌려준다고 하셨다면서.

낭패감에 고개도 제대로 들지 못하고 올라가자, 사부인과 시이모님께서 웅숭깊게 나를 안심시키신다. 이렇게 황송할 데가 또 있을까. 학처럼 드레스를 곱다랗게 차려입은 딸도 얼마나 놀랐느냐고, 등을 쓰다듬어 준다. 친정엄마가 제게 시작부터 부담을 주었는데도 너그러이 이해하고, "우리 엄마가 이런 실수도 다 하네요."라며 어색한 분위기를 수습하는 딸이 참으로 고마웠다. 한복을 맞출 때 뵈었던 시이모님께서 나랑 키가 비슷한 걸 기억하시고, 선뜻 입은 옷을 벗어

주신 것이다. 조카 결혼식에 참석하려고 단장하셨는데 평상복 차림
이라니, 두고두고 죄송할 일이다. 한복 품이 조금 크고 신발이 높긴
했지만 감지덕지할 따름이다.

이런 상황을 알 리 없는 지인들은 한복이 매우 예쁘다고, 참 잘
어울린다고 칭찬이 자자하다. 하긴, 이 옷은 어느 교수님 작품이라
했다. 보기 드문 디자인에 화려한 색상이 남달라 보였던 모양이다.
모두들 엄청난 비하인드 스토리가 있는 줄은 꿈에도 모른 채…. 예식
이 끝난 후, 여유가 생겼는지 남편이 농담을 한다. 덕분에 품격이
높아졌다나, 시이모님께 한턱내는 것으로는 부족하니 몇 턱을 낼 각
오하라고.

결혼식을 치르고 집으로 돌아오는 길에 문득, 꿈 하나가 또 달라붙
는다. 얼마 전에 꾸었던 악몽이다. 아무리 꿈이지만 방정맞기 이를
데가 없다. 상상도 하지 못할 일이 꿈에서 일어났다. 빨간 털실로
갓 짠 셔츠를 무심결에 싹둑 잘라 버린 것이다. 이내 어쩔 줄 몰라
상심하고 있으니 딸은 아무렇지도 않은 듯, 다시 잇는 방법을 일러
주며 위로한다. 꿈속에서 신기하게도 그 말에 안심이 되었다. 그러나
꿈을 깨고 나자 찜찜한 마음이 가시질 않아, 매사에 조심하자고 단단
히 다짐을 했건만.

집에 오자마자 서재로 달려갔다. 한복 보따리가 어스름 속에 동그
마니 앉아 있다. 왜 안 데려갔느냐고 원망을 하는 것 같기도 하고,
못 따라가서 미안해하는 눈빛이기도 하다. 와락, 끌어안으니 피붙이
인 양, 체온이 전해오는 것만 같다.

02

탐매 여행

바람결에 실려 오는 매향에 취하여
저절로 눈이 감긴다.
문향(聞香)!
그래, 매향을 들어 보자. 쉬익 쉭~,
매서운 눈보라 휘몰아치는 소리가 귓가를 울린다.
노쇠한 매화나무가
그윽한 눈빛과 지그시 다문 입으로
침묵의 언어를 들려줄 뿐이다.
100년도 살지 못하는 인간이
어찌 수 세기나 살아온
고매의 인고를 말할 수 있으랴.
– 본문 중에서

태평양 건너 그곳에는

　내 오랜 친구 순덕이를 만나기 위해 태평양을 건너게 되었다. 25년
전 그녀가 우리나라를 떠났을 때, 가슴이 허허로워서 며칠을 헤맸던
기억이 되살아났다. 역시, 아직도 아릿하다.

　이번 만남은 8년 만이다. 그동안 그녀가 한국을 방문해서 세 번
만난 적이 있어도, 내가 만나러 가는 것은 처음이다. 샌프란시스코
공항으로 마중 나온다고 했지만, 4시간을 운전해서 오는 것이 힘들
것 같아서 한사코 사양했다. 그녀 집 주변 암 트랙 정류장에서 만나
기로 하고서. 미국에 이민 간 이후, 자기 집 방문객 가운데 공항까지
마중을 안 나가는 유일한 사람이라고 내 고집을 나무랐어도, 내 결정
이 더 합리적이라는 생각 때문이다.

　울도 담도 없는 그녀의 하얀 집은 초록색 잔디와 갖가지 꽃들로
둘러싸여 있었다. 스프링클러에서 엇갈린 물줄기들이 분수처럼 뿜어
져 나오고 있는 전경이 더없이 평화롭다. 이런 환경이 내 친구의 소
녀 적 고운 마음을 지금까지도 고스란히 지켜 주었을 거라는 믿음이

생겼다. 여장을 푼 뒤, 우리는 인근에 있는 피스모 비치에 바람을 쐬러 갔다. 곱게 물든 주홍빛 노을을 바라보며, 누가 먼저랄 것도 없이 어느새 옛 얘기를 하고 있었다. 여고 교정 복도에서 굽어보던 낙동강 변의 노을이 이곳으로 순간 이동을 한 듯, 추억이 서린 아늑한 빛이 되어 우리를 돌돌 휘감고 있다. 밀가루처럼 보드라운 모래를 밟으며 바라보는 낙조는, 도인(陶人)에 의해 매끈하게 빚어진 항아리가 가마에서 벌겋게 구워지고 있는 모양새다.

이른 아침, 재재거리는 새 소리가 친구의 정겨운 음성인 양 나를 깨웠다. 내가 지구 반대편에 와 있음을 상기시켜 준 것은 창가에 만발한 아가펜더스(Agapanthus, Lily of the Nile)였다. 전날 친구 집으로 가면서 우리나라 무궁화처럼, 미국 거리 곳곳에 피어 있는 이 꽃을 보고 꽤나 이색적인 느낌을 받았나 보다. 청보라색 꽃 속을 분주하게 드나드는 것 하나가 내 시선을 사로잡았다. 벌이겠지 했는데 가만히 들여다보니 그게 아니다. 몸집이 벌보다 훨씬 크고 뾰족한 부리가 손가락만큼 길다. 나중에 알았지만 그것은 꿀을 먹고 산다는 벌새(Humming bird)였다. 아가펜더스는 수국처럼 작은 통꽃들이 모인 큰 꽃으로 마치 원형 분수를 닮았다. 초록색 길쭉한 잎들은 빽빽하게 얽혀서 바람에 일렁이는 푸른 물결처럼 시원스럽다. 그 잎 위를 느릿느릿 기어 다니는 수많은 달팽이는 바다 위에 떠 있는 돛단배 같다.

해 질 무렵에 나간 산책길은 무척 한가로웠다. 카미노 카발로(camino caballo), 예전에 말들이 달렸다는 거리답게 인근에는 아직도 하얀 나무 울타리를 둘러 친 목장이 드문드문 눈에 띄었다. 마치 내가 한국의 산간 마을에 서 있는 듯, 금방이라도 이곳저곳에서 저녁 연기가 피어오를 것만 같은 고즈넉한 마을이다. 한동안 말없이 걷던 친구가 힘들었던 지난날을 담담하게 풀어놓는다. 친정 부모님을 대신해서 5남매나 되는 동생들 뒷바라지를 도맡았던 어려움을. 남편에게 미안해서 더 많은 일을 하느라 먼저 잠들어 본 적이 없었다고. 몇 달 전에 막내 동생을 결혼시킨 후 남매들에게 선언했단다. 지금부터는 부모 자리에서 형제 자리로 내려오려 한다고. 맏며느리로서의 역할도 손색없이 해내고, 늦깎이 대학생이 되어 올 A학점으로 졸업을 한 억척스런 친구가 이젠 많이 지쳤나 보다. 그녀의 앞날이 축복으로만 채색되길 비는 마음 간절하다.

우리는 여고시절 함께 자취하던 때의 일들도 떠올렸다. 겨울이면 윗목에 놓아둔 물그릇이 얼 정도로 허름한 자취방이었다. 연탄불이 꺼지는 날이면 영락없이 추위에 오들오들 떨어야 했고, 여름에는 낮 동안 뙤약볕에 달궈진 스레트 지붕 때문에 밤잠을 설치는 날도 많았다. 연탄불에 지은 밥으로 도시락을 두 개씩 싸 들고 등교했지만, 생의 중턱을 넘어선 지금의 우리에게는 행복한 기억밖에 없다. 서로가 모르게 먼저 일어나서 아침 식사 당번을 하려고 애쓰기도 했었지. 그땐 아직 어리고 피곤한 수험생 생활이었는데도, 어떻게 그런 배려를 했는지 지금 생각해도 대견하기만 하다. 그러나 그것은 오로지 어떤 경우에도 양보하고 긍정적이던, 이름 그대로 순하고 넉스러운 친구 덕분이다. 3학년 때 옆 반이었던 그녀는 쉬는 시간에 자주 나를 찾곤 했다. 내 짝꿍이 툭툭 치면서 가리키는 복도 창문 밖에는 늘, 보조개가 움푹 들어갈 정도로 예쁜 미소를 머금은 순덕이가 서 있었다.

이번 여행길에 그랜드캐니언, 라스베가스, LA나 샌프란시스코의 명소들을 관광했지만, 가장 아름다웠던 곳은 친구와 손잡고 거닐었던 퍼시픽 코스트 하이웨이 주변에 있는 모로베이였다. 그랜드캐니언을 방불케 하는 절벽 위의 평지에 무리지어 피어 있던 야생화들이 지금도 눈에 아른거린다. 그중에서도 캘리포니아의 주화(州花)인 파피(Popy)는 매우 인상적이었다. 진노랑 나비 떼가 풀밭에 사뿐히 내려앉은 모습이었던 그 꽃은 우리의 수많은 이야기를 대변이라도 하듯 팔랑팔랑 빛나고 있었다. 꾸밈없는 자연의 아름다움에 감탄하며 거니는 우리를 자주 놀라게 하던 도마뱀과 다람쥐들도 떠오른다. 우리나라에서 보던 것보다는 훨씬 큼지막한 그들이 우리의 정담을 엿듣고 싶은 듯, 가던 길을 멈추고 기웃거리곤 했다. 갈매기들도 우리에게 장난을 걸 듯, 머리 위에서 고도를 높였다 낮췄다 했다.

2주간의 긴 여행을 마치고 돌아올 때, 내 손을 덥석 잡고 "에이~"라는 말밖에 못하고 서 있는 친구를 남겨 두고, 공항행 버스에 올랐다. 우리는 또다시 태평양을 사이에 두고, 다시 만날 때까지 '보고 싶어'를 되뇌며 살아갈 것이다.

바이칼의 심장, 알혼섬이여

간밤에 내린 비로 말끔해진 이르쿠츠크 시가지를 벗어나자, 이내 드넓은 평원이 펼쳐진다. 목조 농가 주택들이 홀연히 떠나온 방랑자의 모습으로 드문드문 흩어져 있다. 들판에 가득한 하얀색, 자주색 감자꽃들이 여기가 시베리아 지방임을 실감케 한다.

성근 나무 울타리가 목장과 농원의 경계를 짓고, 젖소와 말, 양떼들이 유유히 풀을 뜯고 있다. 자투리땅도 활용하려는 우리네 성서로는, 넓은 땅을 놀리고 있다는 게 무척이나 아깝게 여겨진다. 하지만 여기서는 그렇지 않다. 초원의 주인은 사람이 아니라 바로 저들인 것이다. 여기저기 마음껏 옮겨 다니는 가축들이 퍽이나 행복해 보인다. 도로변 초원에 누런 얼룩소 일여덟 마리가 빙 둘러앉아 있다. 사람들처럼 머리를 맞대고 있는 모습이 마치 중대한 회의라도 하고 있는 것 같다.

갑자기 여행객들이 창밖을 향해 카메라 셔터 누르는 소리가 빗빌지듯 늘려온다. 차창 가득 달려드는 노랑, 분홍, 보라색 들꽃들이 군락을 이뤄서 대평원이 마블링 같다. 꽃이라기보다 차라리 곱게 물들인 안개 무리가 되어 대지를 자욱하게 뒤덮고 있다. 연중 8개월간의 긴 겨울 뒤에 다가온 반짝 여름이 아쉬워, 저리도 고운 자태를 뽐내고 있는 것일까. 인적 없는 툰드라 벌판에 지천인 야생화들이 뿜어낼 향기가 자못 궁금하다.

때마침 이어폰을 통해 감미로운 음악이 흐른다. 드라마 〈첫사랑〉의 주제곡인 〈forever〉를 부르는 스트라토바리어스의 잦아드는 목소리다. 슬픔도, 고통도 없었던 어린 시절의 행복했던 기억을 떠올리며, 자신을 영원히 기다려 줄 수 있는지를 묻는다. 만약에 첫사랑에도 색깔이 있다면 아마도 빠르게 스쳐 지나가는 저 초원의 들꽃색일 거라고 생각했다. 원색의 노랑, 분홍이 아닌, 아지랑이가 켜켜이 내려앉아 아슴푸레해 보이는.

꿈결 같은 평원을 7시간이나 달려 바이칼 호수 선착장에 닿았다. 시베리아의 푸른 눈이라 불리는 이 호수는 세계 최대 담수호로 경상남북도를 합친 면적과 맞먹는다. 전 세계 인구가 이 호숫가에 모여도 40년간 식수 걱정은 할 필요가 없다니, 물 부족이 심각해질 우리로서는 한없이 부러운 일이다. 해발 고도 1,500~2,000m의 산들로 둘러싸여 있다. 이 호수와 주변에는 2,600여 종의 동식물이 살고 있다고 한다. 이 중 80%가 다른 지역에는 없는 희귀종들이라고 하니, 유네스코에서 이곳을 세계자연유산으로 선정한 이유를 짐작할 만하다. 바지선을 타고 바이칼 안에 위치한 알혼섬으로 이동하면서 내려다본 호수는 샘물처럼 맑고, '내륙 속의 바다'답게 잔잔한 파도를 쉼 없이 일궈 내고 있다.

태초의 신비가 묻어나는 곳, 알혼섬! 칭기즈칸 수중 무덤의 전설이 깃든 섬으로 한민족의 시원이기도 하다. 이곳에는 알혼섬의 상징인 부르한 바위가 있다. 우리 민족의 시조 격이라고 생각되는 몽골족의 탄생 신화가 서려 있는 바위로, 아시아 대륙의 9개 성소 중 하나이다. 주변 나뭇가지에는 빽빽하게 묶인 각색 천이 바람에 휘날리고 있어, 우리나라의 성황당을 연상케 했다. 알혼섬 곳곳에서 이런 나무와 돌무덤, 그리고 여기에서 소원을 비는 사람들이 던진 동전이 수북하게 쌓인 광경을 자주 발견할 수 있다.

알혼섬 내 통나무 숙소에 여장을 풀고 밖으로 나오자, 부슬부슬 내리던 비가 그새 그쳐 있다. 호수 끝 쪽 하늘에 구름이 서서히 걷히기 시작하더니, 하늘 문이 조금씩 열리고 저녁 햇살이 익살스런 얼굴을 빠끔히 내민다. 눈이 부시다. 축축하던 마음마저 보송보송해지는 느낌이다. 여행객들은 광대한 호반을 핏빛으로 물들인 저녁놀에 넋을 잃은 듯, 장승처럼 꼼짝 않고 서 있다. 밤 11시에나 해가 지는 곳이어서, 뜻밖에도 노을의 연출을 원 없이 즐길 수 있는 혜택을 누렸다. 석양이 마지막 여운만 드리울 때도 사람들은 아직 그 자리에서 검은 실루엣으로 남아 있다.

러시아 4륜 짚차만 다닐 수 있는 오지 마을에 흘러들어, 저들은 지금 이 무위(無爲)의 고요 속에서 무슨 생각에 잠겨 있을까. 세월이 가져다준 주름살들을 어둠에 편안히 묻어 버린 채, 저렇게 사라져 가는 황혼 빛 같을 자신의 마지막 모습을 생각해 보는 것은 아닐까.

고려인 140년 역사의 한이 어린 동토의 나라, 이곳으로 떠나면서 여느 여행길과는 사뭇 다른 기대감에 들떠 있던 기억이 떠오른다. 약간의 긴장감과 함께 마그마의 도사림 같은 뜨거움을 품은 시간들이 마냥 낯설었다. 여기까지 와서 내가 얻어갈 것은 무엇이고, 버리고 가야 할 것은 무엇이란 말인가. 눈을 감고 바이칼의 밤바람을 호흡하고 있는데, 어디선가 플루트 소리가 들려온다. 뒤를 돌아다보니 각국의 여행객들이 모닥불가에 모여 앉아 환한 미소를 주고받고 있다. 갑자기 한 남미 아가씨가 훌라춤을 선보이겠단다. 까만 밤 오직 작은 노트북 불빛 아래, 경쾌한 음악에 맞추어 춤을 추는 그녀의 몸짓에서 낭만이 묻어난다.

짧은 밤이 잠깐 오수를 즐긴 듯 지나가고, 알혼섬은 신비한 기운 속에서 아침을 맞았다. 함치르르한 햇살이 번져 있는 초원을 메뚜기들과 함께 자박자박 걸었다. 영롱한 이슬이 키 작은 풀포기와 앙증맞은 꽃잎에 곡식 낟알처럼 다닥다닥 열렸다. 바이칼 호수는 새하얀 안개 속에 잠겨서 물인지 땅인지 분간을 할 수가 없다. 누구의 부름을 받은 것처럼 초원의 구릉을 넘고 또 넘어 절벽 끝까지 이슬길을 다녀오니, 빗속을 걸어온 사람같이 운동화가 흥건하다. 이 섬에는 우리의 '선녀와 나무꾼'과 비슷한 전설이나 신화가 많이 전해진다고 한다. 한민족의 근원설 때문일까, 자꾸만 정이 가는 곳이다.

아쉬운 마음으로 섬을 떠나려 하자, 오전 내도록 짙은 안개에 갇혀 있던 바이칼 호수가 파아란 얼굴을 내밀고 잘 가라는 인사라도 하는 것 같다.

탐매(探梅) 여행

백설이 잦아진 골에 구름이 사납구나
반가운 매화는 어느 곳에 피었는고
석양에 홀로 서 있어 갈 곳 몰라 하노라

목은 이색의 시조처럼 매화 소식이 궁금해 일이 손에 잡히지 않는
다. 아직도 겨울 끝자락을 놓아 버리지 못한 채, 이따금씩 몰려오는
한기에 몸을 움츠리면서도 마음은 진즉에 봄이다. 남녘에서 들려오
는 꽃 소식이 첫사랑의 기별이라도 되는 듯, 마냥 설렌다. 종내 참지
못하고 새벽같이 길을 떠났다. 홍매화 축제가 열리고 있는 전남 순천
선암사를 찾아 나선 것이다. 저만치에 일주문이 보이자 산길을 올라
가는 마음이 바쁘다. 가쁜 숨을 몰아쉬며 잰걸음으로 도착한 산사는
기나긴 세월을 사리사리 휘감고 고풍스럽게 앉아 있다. 귀인을 만남
에 있어 결례를 범하지 않겠다는 마음인지, 나도 모르게 옷매무새를
가다듬는다. 선암매(仙巖梅)에 대한 찬사를 여러 번 들었던 터라, 만

남이 가까워지자 다분히 긴장이 된다.

매화 군락은 넓은 사찰 마당 맨 안쪽에 숨어 있는데도 벌써부터 달금한 향이 코끝으로 스며든다. 날숨은 거의 없이 들숨만 연거푸 들이켜며 홀린 사람처럼 스르르 매화나무 밑으로 다가섰다. 눈을 감고 경내를 가득 메운 매화 향을 더듬어 본다. 연분홍빛 향이 하늘하늘한 선녀 옷을 입고 이리저리 날아다니는 것 같다.

무우전을 지나 운수암으로 오르는 조붓한 돌담길에 20여 그루의 매화나무들이 줄지어 서 있다. 여기가 바로 나를 홀린 매화 향의 진원지렷! 이 길이 우리나라에서 토종 매화가 가장 아름답게 피는 곳이란다. 150살이 넘으면 고매(古梅)라고 하는데, 대부분 300살이 넘은 나무들이다. 그중에 홍매(紅梅) 한 그루와 돌담길 왼쪽 원통전 앞에 자리한 백매(白梅) 한 그루는 600살 정도로 천연기념물이 되었다. 이 백매는 키가 8m로 거목이지만, 다른 매화나무들은 연령에 비해 매우 왜소하다.

천연기념물 백매 나무가 기골이 장대한 할아버지 같다면, 홍매 나무는 아담한 할머니 같다. 그런데 어인 일인지 눈길이 자꾸만 홍매에게로 간다. 나무에 더덕더덕 낀 마른 이끼는 마치 백발노인의 얼굴에 핀 저승꽃처럼 희끗희끗, 거뭇거뭇하다. 홍매 할머니는 인심도 좋다. 몸을 감고 올라간 마삭줄을 긴 털옷인 양 치렁치렁 달고 있다. 검푸른 이끼들도 갑옷같이 받겨 입고, 담쟁이 넝쿨과 겨우살이풀도 제 터처럼 편안하게 자리 잡도록 놔뒀다.

나지막한 키에 이리 굽고, 저리 휘어져 용트림하듯이 창공을 향해 가지를 뻗어 올린 홍매 나무! 묵은 이끼, 새 이끼를 세월의 더께인 듯 둘둘 감고 돌담에 푹 기댄 채, 가지 끝에만 홍매 꽃을 달고 있다. 자신이 피워낸 꽃이지만 고손자를 손끝에 사뿐히 올려놓은 양 조심스럽다. 파란 하늘과 매화의 붉은색 어울림이 숨 막히게 고고하다. 꽃잎은 작고 날렵하다. 꽃술들이 고 작은 꽃잎 안에는 도저히 못 담겨 있겠던지 꽃잎보다 더 길게 뻗어 나와 있다. 가까이서 보면 꽃잎은 꽃받침에 불과하고 꽃술들이 꽃잎인 것처럼 한 가득이다. 단아한 모습이다.

아예 홍매 맞은편 바윗돌에 걸터앉아서 넋 놓고 있노라니, 텁수룩한 화가 양반이 쭈뼛거리며 말을 건다. 잠시 화장실에 다녀올 동안 그림을 좀 지켜 달라는 부탁이다. 2주째 같은 자리에서 홍매를 그리고 있단다. 키 높이의 캔버스에 유화로 그려진 홍매가 실물보다 더 젊어 보인다. 사진작가들도 창공에 핀 홍매를 담아내기에 바쁘다.

템플 스테이를 신청하니 ㄱ 유명한 '선암사 해우소'를 지나, 공양간 옆 건물에 있는 작은 한옥 방을 내준다. 뒤란과 툇마루가 딸린 품속 같은 방에서 여장을 풀고 어둠이 내려올 무렵, 다시 매화를 찾아갔다. 낮 동안 북적이던 사람들은 썰물처럼 빠져나가고 청매, 백매, 홍매만 남아서 마주 보며 화사한 미소를 건네고 있다. 그런데 어쩐지 연둣빛 청매의 상큼함도 부드러운 백매의 산뜻함도, 고혹적인 홍매 앞에서는 그 빛을 발하지 못하는 듯싶다.

바람결에 실려 오는 매향에 취하여 저절로 눈이 감긴다. 문향(聞香)! 그래, 매향을 들어 보자. 쉬익 쉭~, 매서운 눈보라 휘몰아치는 소리가 귓가를 울린다. 노쇠한 매화나무가 그윽한 눈빛과 지그시 다문 입으로 침묵의 언어를 들려줄 뿐이다. 100년도 살지 못하는 인간이 어찌 수 세기나 살아온 고매의 인고를 말할 수 있으랴. 진기가 다 빠진 늙은 몸으로 지난겨울 혹한을 어떻게 견뎌 왔는지. 아름다운 꽃과 농익은 향은 거센 비바람과 굶주림, 외로움을 참아 낸 흔적이리라. 장하고 고맙구나.

고개를 들어 보니 상현달이 조계산 위, 검푸른 하늘에 하얗게 걸려 있다. 현재(玄齋) 심사정이 〈梅月滿庭〉을 그릴 때도 이런 기분이었을까. 단원 김홍도가 그린 〈白梅〉 한 떨기는 또 어떻고. 가늘다가 굵어진 농묵(濃墨)에서 고매 줄기의 기품은 살아나고, 그 위에 살짝 얹힌 하얀 꽃봉오리는 수줍음을 감추지 못했다.

바람도 잠을 자는지 풍경소리 한 가락도 들리지 않는 고요한 밤이다. 은하수만큼이나 많은 매화 송이들이 뿜어내는 향이, 바람 따라 흘러가지 못하고 이곳에서 진을 치고 있나 보다. 깊은 숨 들이쉬니 조계산에 간힌 매향이 떼를 지어 달려든다. 늙은 홍매 나무가 두런두런 내게 말을 건네는 것 같다. 삶이 녹록하지 않느냐고. 하지만 세상살이에 곤란이 없으면 업신여기는 마음과 사치하는 마음이 생기게 된다고. 홀로 침잠하면서 곰삭혀 내야만 진한 향을 잉태할 수 있다고…. 할머니의 인자한 손길로 내 어깨를 다독여 준다.

매향을 듣고 내려오는 발걸음이 한결 가볍다. 그리운 사람을 만나 정겨운 대화를 나누고 돌아가는 느낌이다. 아름다운 세상은 결코 먼 데 있지 않은 것을.

일본의 알프스를 누비다

 알펜루트(다테야마 쿠로베) 관광 지역은 해발 약 2,500m에 위치하고 있어 기상 이변이 심한 곳이다. 그래서 다테야마[立山] 연봉의 웅장함을 고스란히 보기란 무척 어렵다고 한다. 우리 '맑은 향기' 회원들의 예쁜 마음 덕분이라고 해야 할까, 날씨가 쾌청하다. 이래저래 감사한 마음으로 관광버스에 올랐다.

 후지산, 하쿠산과 더불어 많은 사람들에게 숭앙 받아온 일본 3대 영산의 하나인 다테야마로 가는 길은 무릉도원을 찾아가는 듯, 자꾸만 깊은 산중으로 빠져든다. 도로 양편으로 초록빛 봄물이 잔뜩 오른 전원 풍경이 스쳐 지나간다. 수정처럼 맑은 물이 가득 들어찬 네모반듯한 논들은, 검은색 일본 가옥과 곧게 뻗은 삼나무, 그리고 논두렁의 풀과 구름이 떠가는 푸른 하늘을 오롯이 안고 있다. 연분홍 벚꽃잎은 바람에 하늘거리며 이리저리 흩어진다.

 도야마현의 다테야마역에서 나가노현의 오오기사와역까지, 대자연의 여성을 궤도열차, 케이블카, 고원버스, 트롤리버스 등으로 이동하는 약 86km의 산악루트인 알펜루트는, 성수기를 맞아 각국의 관광객들로 붐볐다. 케이블카를 타고 급한 경사로를 올라 비죠다이 역에 도착하자, 그곳에는 해발 2,450m의, 일본에서 가장 높은 곳에 위치한 무로도역까지 오를 고원버스가 기다리고 있다.

초록빛이던 산이 이제는 하얀 산으로 바뀌고, 도로 양쪽의 깎아지른 듯한 설벽은 산길을 오를수록 높이를 더해 가더니, 어느덧 버스키를 훌쩍 넘어 버린다. 산을 오르는 내내, 이토록 많은 눈을 어떻게 걷어 내고 길을 만들었는지 궁금증이 커져만 갔다. 이 도로는 매년 12월에서 이듬해 4월 중순까지 폐쇄시킨 후, 봄이 오기 전 두 달 동안 GPS(위성항법장치)를 이용해 산간 도로 위치를 확인하고, 특수 제작한 제설차로 도로의 눈을 밀어낸다고 한다. 가이드 설명을 듣고 궁금증은 풀렸지만 설벽 길이가 무려 23km에 달한다니, 이들이 관광객을 유치하기 위해 얼마나 많은 노력을 기울이는지 경이로울 따름이다. 도보로 감상할 수 있는 구간에서 높이가 20m나 되는 설벽 사이를 걷고 있는 사람들이, 거인국에 간 걸리버처럼 조그맣게 보였다.

무로도에서 다시 전기로 움직이는 트롤리버스를 갈아타고 다테야마를 관통하는 지하 터널로 들어갔다. 10분쯤 달려 산 반대편의 다이칸보역에 도착하자, 거대한 설산 봉우리들이 발아래 펼쳐진다. 주변 산의 경사면에서는 사람들이 스노보드와 스키를 타기도 하고, 스키와 폴에 의지해 설원을 힘겹게 지나며 크로스컨트리를 한다. 전망대에서 만난 70대 중반의 일본인은 이 산의 신성한 기운에 이끌려 자주 온다고 한다. 할아버지의 소탈한 미소에서 여유로움을 느낀다.

다이칸보역에서 아래로 까마득히 보이는 쿠로베 타이라역까지는 케이블카로 이동한다. 1.7km의 구간을 공중 이동하는 동안, 준엄한 산과 반짝이는 호수가 파노라마처럼 펼쳐지는 풍경은 그야말로 장관이다. 케이블카 내부의 통로와 좌석은 급한 경사면을 이동하는 것을 감안해서 계단식으로 되어 있다. 정원을 초과하는 관광객들로 인해 우르르 몰려들며 서로 자리를 차지하려는 모습은, 특히 이런 관광 코스에서는 보이지 않았으면 싶었다.

일본 최대의 아치형 댐인 쿠로베댐은 다테야마 연봉 사이로 난 쿠로베 협곡을 막아서 건설한 것으로, 총 저수량이 2억 톤에 이른다고 한다. 일본에서는 찾아보기 힘든 다우 폭설 지역이면서 급경사 하천이라는 조건이 수력발전소 건설에 적합했지만, 사람과 차량의 접근이 어려운 자연조건이 난관이었다고 한다. 댐 주변 산에는 여러 명의 사람들이 암벽을 타듯이 로프에 매달려 있다. 암벽 훈련 코스가 아닌 듯한데 무엇을 하고 있는지 궁금해 하자, 산이 붕괴되지 않도록 수시로 미리 점검하는 것이라고 가이드가 알려 준다. 과감한 투자와 함께 유비무환의 정신으로 사고를 예방하려는 그들의 자세가 새삼 돋보였다.

알펜루트의 마지막 코스인 쿠로베 협곡은 일본 최대의 V자 협곡으로, 상류에 쿠로베댐을 둔 쿠로베강을 품고 있다. 우나즈키역에서 출발하여 시속 15km로 달리는 협궤열차를 타고, 탐험대처럼 살금살금 협곡 더 깊은 곳으로 들어갔다. 여태껏 1분도 쉬지 않고 숨쉬기를 해 왔을 터이지만, 내 숨소리가 어떠한지 자세히 살펴보지는 못했다.

그런데 지금 나는 끝없이 이어질 것만 같은 깊숙한 산길에서, 따사로운 햇살을 담뿍 받으며 숨소리를 또렷하게 듣고 있다. 차창도 가슴도 활짝 열어젖힌 채, 이 계곡의 신선한 공기는 죄다 마시기라도 할 것처럼 연거푸 심호흡을 했다.

쿠로베 협곡을 따라 크고 작은 46개 터널과 27개 다리를 지나며, 무려 20km나 달렸다. 대자연이 창조한 웅대한 대지의 예술품이라 할 만하다. 준산 윗부분은 아직도 겨울이지만 중턱 아래로는 봄이 한창 무르익고 있다. 햇빛을 받아서 형광색에 가까운 초록 숲들이 깊이를 알 수 없을 만큼 울창하다. 단애절벽 밑을 졸고 있는 듯 잔잔히 흐르다가, 어느새 급물살을 일으키며 달려가는 계곡물은 비취색이다.

간간이 만년설 무더기들과 눈사태가 발생해서 곳곳에 흘러내린 토사들이 눈에 띈다. 호수에 투영된 만년설을 감상하고 있는데, 별안간 절벽 밑 바윗길을 어슬렁거리는 물체가 보인다. 덩치가 큰 멧돼지이다. 호랑이라도 나타날 것만 같은 산세다. 밀림지대를 방불케 하는 산속을 장난감 같은 조그만 열차에 몸을 의지하고, 평화로움에 젖어 있다는 사실이 순간, 무모하다는 느낌마저 들었다.

하지만 머무르고 싶은 곳이다. 마치 이곳은 세월의 혼탁함을 증류시켜 고요와 맑음으로 채워 놓은 생명의 근원지인 것만 같다. 범인으로서는 도저히 접근하기 힘든 청순함의 원형을 감히 내가 보고 만 것 같은 황송함, 그 기분을 오래도록 간직하고 싶다.

아메리칸 인디언

'교포 목사와 신학대 교수가 벌인 미국 시민권 사기.'

어느 종교를 막론하고 성직자의 부도덕한 행위는 분노부터 불러오는지라, 이 신문 기사를 읽지 않고 넘어가려는데 스치듯 한 구절이 눈에 밟힌다. '한국인이 인디언 외모와 비슷해 인디언 부족증을 이용하려다 적발됐다.'는 것이다.

나도 모르게 동질감, 동류의식 같은 것을 느꼈기 때문일까. 지난여름 미국 여행에서는 미국의 발전상을 보는 것보다, 인디언들의 삶에 더 큰 관심이 있었다. 오랫동안 가슴이 싸하도록 진한 감동을 주었던 《내 영혼이 따뜻했던 날들》의 기억 때문인지도 모른다. 이 소설은 체로키 인디언의 혼혈 소년이었던 작가 포리스트 카터가 동부 체로키 산속에서 조부모와 생활했던 이야기를 엮은 자전적 회상록이다. 인디언들의 자연과 동화된 지혜롭고 평화로운 삶과 함께, 가슴 아린 어린 날의 생채기도 적고 있다. 백인들에게 채찍질을 당해서 흘러내린 피로 신발 안이 질척해진 경험을 너무도 담담하게 풀어내고 있는 부분에서는, 차라리 독자가 작가 대신 격분하고 아파하게 된다.

난생 처음으로 누리게 된 긴 여행 기간 동안, 최대한 자연인이 되고 싶었다. 문명의 이기(利器)들은 우리에게 생활의 편리함을 가져다주지만, 한편으로는 얼마나 많은 구속을 하고 있는가. 이런 족쇄를 벗어던지고 인디언들처럼 해와 달을 시계 삼아 느긋하게 지내기로 했다. 그래서 지구 건너편으로 혼자 떠나면서 시계는 물론, 휴대폰도 서랍에 잠재워 둔 채, 포르르 날아오를 것만 같은 가벼운 마음으로 집을 나섰다.

그랜드캐니언으로 가는 도중 애리조나주를 경유할 때였다. 한국인 가이드는 애리조나 인디언 보호 구역에 대해 설명을 했다. 우리의 조상이었던, 우랄 알타이어를 쓰는 몽골리언이 수만 년 전에 시베리아와 베링 해협을 거쳐서 북미, 남미로 이동했단다. 아메리카 원주민이 된 그들은 우리의 조상들과 흡사한 점이 많다고 한다. 몽골인이나 한국인의 특징인 몽고반점을 가지고 있는 것도 그중 하나요, 굴렁쇠, 실뜨기, 윷놀이, 고누 같은 놀이도 하고, 제사를 지낸 후에 고수레를 하거나 요강도 사용한다고 했다.

서부 개척 당시, 인디언은 청교도들에게 농사짓는 법을 전수해 주었단다. 추수 감사절의 유래에서 그 사실을 찾아볼 수 있다고 한다. 그러나 그들의 자연 친화적인 삶과, 대자연의 품속을 누비던 소박한 역사는 점차 사라져 가고 있다. 미 연방 정부의 통계에 따르면, 미국 내 인디언은 440만여 명으로 추산된다고 한다. 이들은 현재 250곳이 넘는 인디언 특별 보호 구역으로 강제 이주당했다. 보호 정책이란

이름 아래, 인종 섬멸의 핍박을 받고 있는 것이다. 자연과 함께 숨 쉬고 자연이 가르쳐 준 진리에 순응하며 살던 그들을, 카페·카지노 업계에 뛰어들게 해서 몸도 마음도 이제는 더 이상 자연인이 아니게 만들고 있다.

경비행기로 한 시간가량 비행하며 신이 만든 최고의 걸작이라는 그랜드캐니언을 구경했다. 멀미가 날 정도였지만 서울-부산 간 거리보다 더 긴, 그러나 그것은 전체 길이의 1/3에 지나지 않는다니, 그 규모를 짐작할 만하다. 그런데 나는 천혜의 기암절벽을 내려다보면서도 인디언에 대한 생각을 지울 수가 없었다. 골짜기를 흐르고 있는 콜로라도 강줄기가 정지된 듯, 희미하게 시야에 들어왔다. 고도 때문에 강의 색깔이나 크기를 가늠하기가 힘들었지만, 눈을 비비면서까지 조금이라도 더 자세히 보려고 애를 썼다. 강 주변에 55명의 인디언들이 거주하고 있다는 말을 들어서이다. 이들은 이곳을 노새로 여행하는 문명인들에게 식사를 제공하면서 생계를 이어가고 있다. 나에게 다시 미국 여행의 기회가 온다면 반드시 이 노새 관광 코스를 밟아 보리라. 보이지는 않았지만 삶의 터전을 잃어버린 인디언들이 움막에 앉아서, 주름진 얼굴 위로 고난의 눈빛을 뿜어내고 있을 것만 같았다.

그런데 뜻밖에도 마지막 여행지에서 인디언을 만날 수가 있었다. 영화 〈소살리토〉의 아름다운 풍경을 실제로 보고 싶어, 샌프란시스코 주변에 있는 소살리토(Sausalito)로 향했다. 안개에 에워싸인 금문교(Golden Bridge)를 지나자, 호반 도시 소살리토가 봄 처녀의 속살처럼 보드라운 바람결로 나를 반겨 주었다. 청아한 바람, 언덕 위의 그림 같은 집들, 그 집들을 온통 하얗게 가뒀다가 가만가만 풀어 주는 구름 벨트의 장난, 요트가 점점이 떠 있는 푸른 바다 너머로 샌프란시스코 시가지와 Bay Bridge도 아련히 보인다. 이 모두가 나를 명상에라도 잠기게 한 듯, 시간 가는 줄 모르고 행복한 고요 속에서 노닐었다.

소살리토는 마치 갤러리 단지 같았다. 아담하고 격조 높은, 그래서 관광객들의 발걸음을 멈추게 하는 각종 갤러리들이 즐비했다. 그중에서도 내 마음을 사로잡은 곳은 역시 〈American Indian Gallery〉였다. 나바조 트라이브 인디언 부족들이 애리조나 스톤으로 직접 만든 액세서리들이 올몽졸몽 빛나고 있었다. 그들 고향의 하늘빛이었을 것같이 소소(炤炤)한 파랑색 반지, 돌돌 흐르는 계곡물의 체취가 담뿍 스민 듯한 조약돌 목걸이…. 고객이 흡족해할 때까지 엷은 미소를 잃지 않은 채, 이것저것 추천해 주는 인디언 여인의 태도가 내 이웃처럼 다정했다. 하지만 어딘가 모르게 묻어나오는 애잔함을 지울 수는 없었다.

히틀러가 자행한 홀로코스트보다 오랜 세월 동안 더 많은 희생을 당했다는 인디언들. 솔바람이 일 것 같은 그들의 눈망울에 겹겹이 내려앉은 슬픈 빛이 말끔히 걷혀질 수 있길 고대해 본다.

시베리아에서 열차를 타고

　브리야트 공화국의 주도인 울란우데에서의 일정은 여유롭고도 알 찼다. 울란우데 국립대학 동양학부 다리마 교수가 가이드를 맡아 주었기 때문일 것이다. 훤칠한 키에 우리와 비슷한 피부색을 가진 올드 미스. 그녀는 우리 일행에게 수줍게 다가왔지만, 학자다운 자세로 역사와 특징을 하나라도 더 전달하고자 애쓰는 모습이 고맙고 아름 다웠다.

　이르쿠츠크에서 시베리아 횡단 열차를 타고 7시간 넘게 달려와서, 울란우데 여행을 마치고 돌아가기 위해 다시 그 열차에 몸을 실었다. 모스크바에서 블라디보스토크까지 연결되어 있고, 7일간이나 걸리는 거리를 일부 구간만 타게 된 것이다. 러시아 명화를 볼 때마다 늘 궁금했던 열차로 2층 침대가 있는 4인실이다. 출입문을 닫고 나면 제법 근사한 단칸방이 된다. 작은 식탁, 이불장, 옷걸이, 침대 밑 수납장, 독서등, 그물망 선반…. 차체는 낡았지만 깨끗하게 관리한 덕분에 쾌적한 여행을 할 수 있었다. 특히 마음에 들었던 것은, 하얀 침구 시트와 수건을 승객이 바뀔 때마다 새롭게 배부하는 일이다. 사소한 것이지만 호텔에서 손님 대접을 받는 느낌이었다. 게다가 복도에는 220V 콘센트가 설치되어 있어, 노트북 사용이나 핸드폰 충전도 가능하다.

이 여행은 9일간 일정으로 교사인 딸아이가 권해서 하게 되었다. 교사들이 여름방학 프로그램으로 마련한 '바이칼 원정대'에 편승하게 된 것이다. 떠나기 전에 우리는 농담 섞인 약속을 하나 했다. 딸은 동료 교사와, 나는 문우 최 선생님과 짝을 이루고 서로 모르는 체, 자유롭게 지내다가 사진 찍을 때만 찾자고 말이다. 그런데 열차에서 한 방을 쓰게 되니 참으로 반갑다. 이 좁은 공간에서 긴 시간 동안 낯선 사람과 지냈다면 얼마나 불편했을까. 꼬리가 긴 열차를 타고 하염없이 가다 보니, 시베리아 벌판은 어느새 내 집 정원이 된 듯 익숙하고 편안하다. 일출과 석양, 삼림지대, 그리고 드넓은 초원과 그 사이를 비집고 흐르는 하천이 파노라마처럼 펼쳐진다. 시베리아에 1만 개나 존재한다는 하천이 직선으로 흐르다가 때로는 반달 모양으로, 다시 춤추듯 구불구불 몸을 흔들며 흐른다.

새벽에 이르쿠츠크역에 도착하여, 이번에는 12시간 동안 환 바이칼 열차를 타기로 했다. 시베리아 횡단 열차는 바이칼 호수를 멀찌감치 두고 지나갔지만, 환 바이칼 열차는 남단 쪽 바이칼 호수를 바짝 끼고 돌았다. 한 쪽에는 바이칼 호수가 손에 닿을 정도로 가까이에 있고, 또 다른 쪽에는 들꽃이 풍성한 벌판과 이따금씩 천혜의 암벽이 스칠 듯, 아슬아슬하게 지나가는 쾌감을 맛볼 수도 있다. 3량의 기차가 시속 30km로 서서히 달리다가, 경치가 좋은 역마다 멈추어 선다. 그러면 승객들은 으레 밖으로 나가서 안개비 속을 거닌다. 슬로우 라이프에 길들여진 사람들처럼 발걸음도 느릿느릿, 뒷짐을 지거나 팔짱을 끼고 사색에 젖어드는 모습이 무척이나 한가롭다.

호수 쪽 창가에 앉은 러시아 노부부에게 자꾸만 눈길이 간다. 하얀 머리에 양복을 입은 할아버지, 얼굴에 많은 주름만큼이나 푸근해 보이는 할머니가 마주 앉았다. 서로를 지그시 바라보며 짧은 대화를 나누다가, 이내 호수에 눈길을 떨군다. 노신사의 눈 속에는 깊이를 알 수 없는 바이칼이 반사되어 푸르고 아득하다. 그 눈빛이 쓸쓸해 보이기는 했으나, 관조하는 듯한 태도에서 연륜의 무게가 느껴진다. 그런데 노인이 메고 온 가방이 흥미롭다. 배낭을 바닥에 세워둘 수 있도록 개조한 것이다. 네 모서리에 각목과 앵글을 박고, 바닥도 나무 받침을 대어 놓았다. 탁자 밑에 놓아두고 지퍼를 여니 훌륭한 이동식 수납장이다. 빈 주스 팩에 온갖 필수품들이 올망졸망 담겨 있다. 커피, 치즈, 햄, 빵, 음료수, 컵, 칼, 포크 등이다. 신기한 눈으로 바라보자 노신사는 나를 향해 씽긋 미소를 지어 보인다.

짙은 안개가 청록색 산골짜기에 포로처럼 갇혀 있다가, 빗물 머금은 노란 다알리아를 카메라에 담는 사이에 탈출하듯 재바르게 날아오른다. 인근의 하얀 자작나무 숲으로 몰려가더니 이내 자취를 감춰 버리고 만다. 신비스럽기까지 한 적요가 나를 깨우고, 어지러웠던 마음을 안정시킨다. 지금 이 순간, 바람 따라 낙엽이 뒹굴 듯 아무것도 기대하지 않고 있던 나에게, 끊임없이 무언가를 생각하게 하고 침묵에 귀를 기울이게 만든다. 사방에서 정적이 나를 감싸고, 비 그친 회색 하늘에 안개구름이 피어오르고 있다. 구름은 자기가 어디로, 왜 흘러가는가를 알고 있는지, 거침없는 행보로 시야에서 사라지고 만다.

호숫가에 연기가 자욱하다. 바이칼 호수에 가장 많다던 물고기 오물(OMUL)을 석쇠에 굽고 있다. 우리도 민물 청어인 이 생선을 사다 놓고 러시아 보드카를 따랐다. 가는 곳마다 새로운 아이디어로 기분을 배가시킬 수 있었던 것은, 다분히 여행 마니아인 최 선생님 덕분이다. 오물은 그다지 비리지 않아서 샌드위치 재료로 사용하기도 한다. 어제 울란우데에서 러시아 구교도 집을 방문했을 때도 이 샌드위치를 비롯하여 오물 요리가 다양하게 나왔었다. 우리나라의 과메기와 같이 반 건조시켜서 먹거나 국을 끓여 먹기도 한다.

바이칼의 최남단 역 슬류잔카에 내려 마지막으로 호수를 구경하러 갔다. 도중에 이곳의 마을을 기웃거려 보았다. 나무 울타리 안에는 감자와 푸성귀 몇 가지, 꽃들이 단정하게 심어져 있다. 집집마다 파랗고 작은 창문을 활짝 열어 놓았다. 웨딩드레스 같은 커튼이 처져 있고, 창틀에는 자그마한 화분들이 해바라기를 하고 있다. 소박한 정경에서 푼푼한 정이 흐른다.

해안가 같은 호숫가에서 바이칼과 작별 인사를 했다. 푸르고 투명한 눈빛, 넓은 품으로 이방인을 달갑게 맞아 주었던 호수의 넉넉함을, 오래도록 잊지 못할 것만 같다.

유토피아 디스토피아

   세계 7대 불가사의 중 하나인 앙코르 와트를 첫 대면할 때의 떨림은 여행이 끝난 후에도 한동안 지속되었다. 흑회색의 웅장한 사원이 풍기는 신비가 큰 파장으로 나를 감싸 안고, 그 울림을 한껏 느끼게 해 주었다.

   앙코르 와트는 캄보디아 크메르 제국의 앙코르 왕조가 12세기 초에 건립한 인류 최대의 석조 사원이다. 밀림 속에서 폭 200m의 해자(垓字)가 거대한 사원을 둘러싼 형상은 마치 바다 위에 떠 있는 고대 왕궁 같다. 현대의 과학, 토목, 건축, 장비 등을 이용하여 다시 축조한다고 해도 족히 100년은 걸릴 거라고 한다. 그러나 사람과 코끼리의 힘만으로 37년 만에 완공한 것은 불가사의한 일이 아닐 수 없다.

   대제국 크메르의 찬란한 역사가 앙코르 와트 속에 고스란히 남아 있다. 흐르는 시간은 모든 것을 덮어 버리고 기록되지 않은 것은 잊히게 마련이지만, 천년을 버텨 온 이 사원은 그들의 격동적인 삶을 재현하고 있다. 1층은 미물계, 2층은 인간계, 3층은 천상계로 나뉜다. 가장 관심이 가는 곳은 1층 회랑(回廊)이다. 긴 회랑 내벽에 정교히 새겨진 부조들은 그 당시의 역사와 문화를 생생하게 보여 준다. 신에게 바치는 서사시부터 국왕 행렬, 전쟁 기록, 힌두교 신화까지.

그중에서도 사후 세계를 표현한 천당과 지옥의 적나라한 이야기들은 적잖은 충격으로 다가왔다. 상단은 여유롭고 평화로운 모습이며, 중간 단은 죄를 심판받으러 가는 사람들이라 불안해 보인다. 그리고 맨 하단은 지옥의 흉한 장면들이 그려져 있다. 그야말로 아수라장이다. 혓바닥을 뽑고, 펄펄 끓는 물에 강제로 처넣는다. 남에게 상처를 입힌 수만큼 몸에 창을 꽂기도 한다. 불현듯 지나친 욕심, 성냄, 어리석음보다 더 뜨거운 지옥은 없다고 했던 말이 떠오른다.

앙코르 와트가 사원임에도 엄숙한 분위기에서 벗어날 수 있었던 것은, 곳곳에 새겨진 1,800여 개의 압사라 부조 덕분이리라. 각기 다른 모습으로 사암에 조각된 압사라는 여기가 바로 천상이라고 알려 주기라도 하는 양, 평온한 표정과 볼륨감 있는 실루엣으로 다분히 고혹적이다. 힌두교와 불교 신화에 나오는 구름과 물의 요정으로, 그리스의 뮤즈에 비교되는 압사라는 춤과 예술에 소질이 있는 아름다운 상상의 여인이다. 이 여인은 캄보디아 전통 춤의 모태가 되었음은 물론, 이 나라 어디를 가든 볼 수 있는 로고(logo)이기도 하다. 사원 앞에서 한 무리의 압사라 무용단이 시공을 거슬러 나타난 듯, 화려한 의상과 유연한 손놀림으로 관광객들의 시선을 압도한다.

이상향을 염원하는 인간의 마음은 예나 지금이나 변함이 없는 모양이다. 도연명의 〈도화원기〉에 나오는 무릉도원이나, 안견의 담채

산수화 〈몽유도원도〉에 그려진 도원(桃源)이 상징하는 낙원은 과연 어떤 곳일까. 혹시 베트남 하롱베이(Halong Bay) 같은 곳은 아니었을 까. 캄보디아로 가기 전에 들렀던 하롱베이는 강림한 용이 여의주를 내뿜어 적을 물리치고, 그 여의주가 3,000여 개의 섬이 되었다는 전 설을 지닌 곳이다. 엷은 안개 장막을 뚫고 유유히 나타나는 하얀 관 광선들, 간간이 비치는 햇살을 받아 반짝이는 은빛 물결…. 그 몽환 적 풍광에 넋을 잃고 만다. 바람도 숨을 죽이는 정적의 공간에서 말 도 마음도 내려놓는다. 산맥처럼 겹겹이 둘러쳐진 섬들이 태평양의 거센 물너울을 막고 또 막아 잔잔한 호수를 만들었다. 파도도 갯내음 도 없는 호수 같은 바다에서 누리는 환희로움과 여유는 곧 인간이 꿈꾸는 이상향과 다름없지 않은가.

유토피아를 염원하는 국가관이 수많은 사원을 만들었던 나라, 그 캄보디아 현실에는 아이러니하게도 디스토피아의 흔적들이 뚜렷하 다. 공산화에 이은 독재를 목직으로, 주로 시식인이었던 반대파를 숙청한 '킬링필드'는 씻지 못할 죄악이 되어 인류에게 오랫동안 아프 게 기억될 것이다. 총 인구의 25%인 290만 명을 학살한 대사건이다. 한 불교 사원의 유리 벽 속에 안치된 일부 희생자들의 해골 무덤은 인간의 잔혹사가 바로 지옥의 세계임을 묵묵히 보여 주고 있었다.

이 나라의 모순이 지금도 이어지고 있음에, 쓸쓸한 마음을 지울 수가 없었다. 폰레샵 호수에 수상 마을을 이루고 살아가는 빈민들의 애옥살이는 남루하기 그지없었다. 아시아에서 제일 큰 황토색 호수 를 삶의 터전으로 삼고 있는 그들이다. 한 가구가 좀 커 보이는 나무

배에 허름한 집 한 채를, 새끼 배에는 땔감과 잡동사니를 싣고 이사를 한다. 선장은 열 살 남짓한 사내아이이다. 꼬마 선장의 어깨에 내려앉은 무게를 가늠하고 있는 사이에, 더 작은 사내아이가 거룻배를 타고 관광선으로 잠입해서 안마를 해 주며 원 달러를 호소한다. 푸대접을 받아도 개의치 않는 깡마른 얼굴에서, 이 아이가 어른이 되어 기억할 유년이 아림으로 어른거린다. 우리나라를 비롯한 여러 나라 구호단체들이 자국의 국기를 내걸고 이들을 돕고 있다. 선상 학교에서 공부하는 어린것들의 앞날에 어떤 희망이 찾아올지 염려하는 마음이 앞선다.

저녁 식사를 마치고 어둠이 깔린 주차장으로 걸어갈 때였다. 예닐곱 살가량의 여자아이가 꺼질 듯한 목소리로 원 달러를 구걸한다. 뭔가를 가볍게 안고 있어 인형인 줄 알았다. 그런데 백일도 채 안되어 보이는 갓난아기가 아닌가! 그 아기를 인형 주무르듯 고쳐 안으며 끈질기게 동정을 구한다. 영유아 사망률이 높다는 캄보디아에서 그 어린것이 천명을 다할 수는 있을는지, 누가 이 아이들을 거리로 내몰았는지…. 앙코르 와트가 이 나라를 먹여 살릴 만큼 관광 수입이 많은데도, 관료들 부패가 고른 소득 분배를 가로막고 있다니 어이가 없었다.

만약에 캄보디아 왕족들이 사후에 그들만의 천상 진입을 꿈꾸지 않고, 먼저 백성들의 안녕을 간절히 기원했다면 어땠을까. 앙코르 와트 회랑 벽에서 본, 불타는 지옥계가 미래에는 어떤 모습으로 그려질지 석연찮은 상상으로 이어진다.

가깝고도 먼 나라, 일본

　흔히들 일본을 가깝고도 먼 나라, 혹은 싫어하면서도 배우고 싶은 나라 1위로 꼽곤 한다. 선뜻 내키지는 않았지만 그래도 내심 가보고 싶던 일본이다. 지난 4월, 독서 모임 '맑은 향기' 회원들과 함께 일본 여행길에 나섰다. 인천 공항을 뒤로한 지 2시간도 채 못 되어 일본의 고마츠 공항이 시야에 들어왔다. 역시 일본은 가까운 나라였다.

　가나자와(金澤)시에 있는 겐로쿠엔 정원으로 가는 도중, 매헌 윤봉길 의사 기념비에 참배하게 되었다. 일본의 상하이 파견군 사령관 시라가와를 살해한 우리나라 독립투사의 기념비가 일본에 있다니, 의아스러운 일이 아닐 수 없다. 민단에서 윤 의사 기념비를 세웠다고는 하지만 일본 정부의 허락이 있었을 터이니, 한일 우호 증진의 구호가 한몫했음과 함께 격세지감을 느끼는 순간이었다.

　강보에 싸인 두 아들에게 '너희도 피가 잇고 뼈가 잇다면 반다시 조선을 위하야 용감한 투사가 되어라'는 유언시를 남겼던 윤 의사는, 일왕의 생일인 천장절(天長節)에 상하이 홍커우 공원에서 폭탄을 던져 일제의 간담을 서늘하게 했다. 그때 그의 나이 25세였다. 의거 후 윤 의사는 나고야로 압송되었으며, 8개월 뒤에 밤새 기차를 타고 가나자와, 여기까지 와서 총살형을 당했다. 일본인들이 시신을 찾지 못하게 아무렇게나 암매장한 것을 우리 동포들이 10년간 찾아 헤맸다고 한다. 그 시신은 해방 후에 조국으로 반장(返葬)되고, 암장터만 이렇게 보존되어 있다. 장제스 중국 총통은 그 당시에, 4억 중국인이 해내지 못하는 위대한 일을 조선인 한 사람이 해냈다고 경탄해 마지않았다 한다. 미풍에 살랑대는 소형 태극기가 윤 의사의 미소인 양 반갑기는 하나, 가슴이 몹시 아리다. 박완서 작가의 말씀처럼 '그 많던 싱아는 누가 다 먹었는'지, 요즘 한국에서는 보기 어려운 싱아가 기념비 주변에 지천이다. 대한의 존귀한 아들, 윤봉길 의사의 영혼을 달래주기 위해 싱아는 여전히 저리도 청청한 것인가.

이시카와현의 가나자와시는 지방 소도시에 지나지 않지만, 작은 교토[京都]라고 불리는 고도(古都)이다. 여기에는 일본의 3대 정원 중 하나인 겐로쿠엔 정원이 있다. 마침 벚꽃이 한창인 때라서 겐로쿠엔은 축제 분위기였다. 해발 50m의 야트막한 언덕에 위치한, 우리나라 창덕궁을 연상케 하는 이곳은 마에다 가문이 1676년에 첫 삽을 뜬 후, 170년에 걸쳐 완공한 약 3만 평의 정원이다. 명산, 하쿠산이 머금었던 강물을 10km나 떨어진 곳에서부터 석관으로 연결한 후, 수압을 이용해 끌어올려서 만든 인공 공원이다.

넓은 정원 안을 굽이굽이 흐르고 있는 곡수(曲水)와 군데군데에서 하얀 물줄기를 뿜어내는 분수들이, 객의 마음에 앙금처럼 남아 있던,

정체 모를 그늘들을 말끔히 걷어 내주었다. 철쭉과 제비붓꽃의 호위를 받고 있는 벚꽃이 이 정원의 여왕인 양, 우아한 자태는 어디에도 비길 데가 없어 보인다. 연분홍 꽃잎이 낙엽처럼 내려앉는 바닥은 잔디가 심어져 있는 것이 아니라, 융단을 펼쳐놓은 듯한 이끼 밭이다. 물길 따라 시원스럽게 흐르는 물이 있기에 이런 정원이 가능했으리라. 초록색과 고동색이 절묘하게 어우러진 이끼 밭은 이 정원의 고색창연함을 한층 돋보이게 해 주고 있다. 여러 종류의 이끼가 섞여 있기는 하지만 방금 깎은 스포츠머리처럼 깔끔하다. 썬캡을 쓰고 앉아서 옥에 티를 가려내듯 잡초를 뽑고 있던 아낙네들의 손길 덕분이다.

겐로쿠엔에서 가장 눈에 띄었던 것은 '가라사키노마쓰'라는 노송이다. 호수에 드리워진 노송의 모습이 매우 이색적이었다. 문실문실한 노송 가지가 받침대에 의지하고 또 밧줄에 매달려서 공중으로 부상하고 있는 것 같다. 겨울철에 내리는 눈으로부터 나뭇가지를 보호하기 위한 '유키즈리' 작업 때문이다. 소나무 위에다 밧줄로 트리 모양을 만들어 놓아서, 눈이 내려도 자연스럽게 줄을 타고 흘러내려 나무에 많이 쌓이지 않게 하는 방법이란다. 마치 공중에서 레이저로 나무를 쏘아대고 있는 것처럼 보였다. 옆으로 길게 뻗은 소나무 줄기는 호수 위에 교량을 만들고 있는 것 같다. 물에 잠기지도, 폭설에 꺾이지도 않고 맘껏 가지를 뻗게 배려해 준 관리인의 손길을 얼마나 고마워할까 싶었다.

일본 전통문화의 진수를 느껴 보기 위해서는 노천 온천욕을 빠뜨릴 수 없으리라. 야마나카[山中]에 위치한 백봉각에 도착하자 기모노를 정갈하게 차려입은 종업원들 10여 명이 호텔 밖에까지 나와서 90도로 절을 하며 환영해 준다. 우리도 다다미방에서 기모노로 갈아입고 온천장으로 향했다. 계곡에서 키를 키워 올라온 고목이 연초록 잎을 다닥다닥 단 나뭇가지를 호텔 건물 2층에 위치한 노천 온천장에서 활짝 펼친다. 'ㄱ'자형 옆 건물의 투숙객들이 신경 쓰이지 않을 정도로 훌륭한 가림막 역할을 하고 있다. 자연을 최대한 활용하는 그들의 지혜가 참으로 친근하게 전해 왔다.

새벽녘에 호수 면을 휘감아 오르는 안개 같은 김이 노천탕에서 쉼 없이 피어난다. 선녀탕에 내려앉은 선녀들인가, 우리 회원들의 표정이 해맑기 그지없다. 커튼처럼 드리워진 고목 아래서 따끈한 온천물에 몸을 담그고 있는 여인들. 노천장 까마득히 아래에서 긴 여정을 지칠 줄 모르고, 돌돌돌 흘러가는 계곡물 소리에 취해 있는 것인가. 서로가 약속이나 한 듯 은은한 미소로만 말을 건넨다.

온천장에서 나온 우리는 기모노를 입고 종종걸음으로 식당을 찾았다. 전통 일본식 요리인 가이세키[會席]를 접대하는 기모노 차림의 종업원들은, 모두 지긋한 연배들이어서 음식을 받아먹기가 민망했다. 앞선 과학 기술로 우리를 긴장시키고 있는 나라, 일본. 전통을 생명줄처럼 귀히 여기며 지켜 나가는 그들의 문화는 부러움을 사기에 충분했다. 우리가 진정 두려워해야 할 것은 바로, 민족의 뿌리를 튼실하게 갈무리하는 이들의 마음 자세라는 생각이, 여행 내내 떠나지 않았다.

'이음새'의 하계 여행

　설레는 마음으로 손꼽아 기다리던 그날이다. 오랜만에 떠나는 기차 여행으로 '이음새 문학회'의 하계 수련회가 있는 날이다. 소서가 엊그제여서 무더위가 시작되었지만, 내 마음에는 벌써 무창포의 바닷바람이 불고 있다.

　7월 9일 12시 30분, 이음새 문학 회원님들이 용산역 만남의 장소로 모여들기 시작했다. 모두 산뜻한 차림에 밝은 표정들이다. 어느새 엄마 따라 친척 집에 갈 때의 어린 내가 되어 깡충깡충 마음이 뛴다. 일행을 실은 장항선 무궁화호 열차는 빗속이지만 경쾌한 기적 소리로 출발을 알린다.

　오늘과 내일에 호우가 예상된다는 일기예보가 자주 그랬듯 이번에도 빗나가 주길 바랐지만, 차창에 부딪치는 빗줄기가 제법 굵다. 하지만 꽃보다 아름다운 회원님들이 자리한 열차 안은 화창한 봄날이다. 도란도란 나누는 정담과 해맑은 웃음소리가 봄의 정취를 돋우는 종달새 지저귐 같다. 이음새의 수호천사인 에코 회장님이 준비해 온

점심 도시락을 받아 들었다. 김밥과 만두, 찐빵이 소담스럽게 담겨 있다. 비 오는 날 좀 화사하게 보이고자 입은 하얀 바지가 박하향기님 것과 같다. 우리는 우연의 일치에 재미있어하며 소풍 나온 아이들처럼 도시락을 오물오물 맛나게 먹었다.

이음새에 처음 들어왔을 때, 회원님들의 창작열이 예사롭지 않아 놀랍고 존경스러웠는데, 열차 안에서도 어김없이 공부방이 마련되었다. 개별 작품을 합평하는 시간이다. 이명재, 이웅재 교수님을 비롯한 모든 회원들이 미간에 주름살까지 지으며 읽어 가는 모습이 매우 진지하다.

얼마쯤 왔을까. 아니 이게 웬일? 비가 그치고 초록 들판 위로 쏟아지는 맑은 햇살이 눈부시다. 도저히 글을 읽을 수가 없다. 이심전심이라 했던가. 옆자리의 박하향기님도 어느새 읽던 원고를 무릎 위에 내려놓고, 차창 밖으로 시선을 주며 환희로워한다. '농땡이 치자'고 공모하고 산야를 훑어보고 있자니, 고등학교 야간 자습 시간에 짝꿍이랑 같이 수업 빼먹은 기억이 불현듯 떠오른다. 칠흑 같은 어둠을 뚫고 그녀네 딸기밭에 기어들어 따 먹었던 딸기 맛이 새콤달콤, 아직도 추억의 미각 속에 남아 있다.

4시간 30분을 단숨에 달려온 듯, 충남 보령시에 위치한 무창포역을 빠져나오는 발걸음이 가볍다. 지중해 연안을 연상시키는 시사이드 호텔에 여장을 풀었다. 여유롭게 펼쳐진 서해 바다는 하늘빛을 닮아서 수평선을 도저히 가늠할 수가 없다. 하늘과 바다가 하나 된 듯한 그곳을 바라보며 우리는 모래사장에 발자국을 남겼다. 우산을 양산으로 받쳐 들고 시원한 바닷바람을 들이켜며, 이음새 선배님들께 더욱 고마움을 느낀다. 그분들이 애써 쌓은 선업(善業) 덕분에 나도 덩달아 이런 복을 누리고 있는 것 같아서이다.

낙조를 바라보며 먹는 조개구이 맛이 일품이다. 온통 엷은 주홍빛으로 물든 회원님들의 얼굴은 마치 '행복' 마스크를 쓰고 있는 것 같다. 행복에도 색깔이 있다면 아마도 이런 빛이 아닐까 짐작해 본다. 바다로 떨어지려는 석양을 찰깍, 카메라 셔터 소리 하나로 붙잡아 두고, 물속에 숨어 있던 속살이 훤히 드러난 바닷길을 걷기 시작했다. 때마침 석수(汐水)가 낮은 날이어서 갯벌 안쪽까지 들어갈 수 있는 행운을 얻었다. 작은 게와 바다 고동들이 고물고물 기어 다닌다. 작은 발을 부지런히 움직이는데도 아직 그 주위를 맴돌고 있다. 갈 길이 바쁘지 않나 보다. 그들에게서 나는 느림의 법칙을 배운다. '빨리 빨리'에 익숙해 있다가 그들을 보니 한가롭기 그지없다. 나도 같이 느릿~느릿 걷는다. 빨리 걸을 때와는 다르게, 다리기 진흙 속으로 푹푹 빠져든다. 한참 동안 느껴 본 미끄러운 감촉은 나를 태초의 아늑한 세계로 데려가는 것 같다.

우리는 파도 소리만으로 자신의 존재를 알려 주고 있는 밤바다 가까이에 빙 둘러앉았다. 까만 밤공기를 마시면서 나누는 문학과 삶에 대한 얘기는 더욱 진솔하게 느껴진다. 또한 이런 만남을 거듭하면서 쌓아 온 정들이 참으로 아름답고 보배로워 보인다. 뒤이어 벌어진 깜짝 이벤트, 불꽃놀이 시간이다. 물론 토토 총무님의 굿 아이디어다. 그런데 불꽃놀이를 가장 좋아하는 분들은 뜻밖에도 '이음새'의 대선배님들이다. 어린아이들이 즐기던 그 놀이가 은근히 하고 싶으셨던 모양이다. 여흥 시간을 가진 뒤, 숙소로 돌아온 여성 회원들은 자매지간이 된 듯 정답게 얘기를 나누다가 잠이 들었다.

이튿날 아침, 방안은 아직도 어둑어둑한데 벌써 인기척이 느껴진다. "보스락 보스락" 조심하는 느낌이 그대로 전달된다. 살그머니 둘러보니 아뿔싸, 벌써 구 회장님이 소파에 앉아 단장을 하고 계신다. 토닥토닥 정성스레 화장하는 모습이 새색시 같으시다. 얼마 후 다른 분들도 어제의 피로가 말끔히 가신 듯 가볍게 기상을 한다. 후딱 화장을 끝낸 나와는 달리, 곱게 정성들여 치장하는 모습들이 보기 좋다. '아름다운 여인은 나이가 들어도 절로 그 자태가 남아 있다'라고 한 구양수의 말에 동감하지 않을 수 없다.

마지막 행선지인 무창포 인근의 남포 호숫가에 닿았다. 파도가 만들어 낸 하얀 포말들이 그곳을 찾은 이들의 웃음꽃과 함께 스러지고 다시 생기기를 반복하던 바닷가와는 달리, 이곳에는 호젓함이 감돈다. 음악의 장르가 락에서 발라드풍으로 바뀐 느낌이다. 마침 찻집에서 감미로운 음악이 흐른다. 감청색의 잔잔한 호수에 잠긴 산 그림자가 자신의 모습에 만족해하는 듯 오롯한 자태다. 우리는 이런 호수의 풍광을 바라보며 못 다한 작품 평과 이음새 4집 출간에 대해 논의하기 시작했다. 호수 면을 스쳐온 녹색 바람이 이음새 회원님들의 가슴을 물들인 양, 상큼한 향이 묻어난다.

귀경길에 접어든 기차는 드넓은 초록 들판을 여유롭게 달린다. 산 허리에 걸렸던 안개가 꿈실거리며 기어오르는 걸 보니, 날씨는 여전히 맑으려나 보다.

흐르는 강물처럼

한없이 낮은 데로
흐르는 강물처럼 하심(下心)을 지닌 채,
행복과 불행의 경계도 무화시키며
잠잠히 '흐름'에 충실할 일이다.
또한, 자주 내면의 소리에
귀를 기울이는 습성으로 맞춤한 길 하나 내어,
영혼과 자주 만나는 시간을 가져야겠다.
- 본문 중에서

유년의 기억, 하얀 길

    길 위에 서 있다는 건, 내가 이 세상에 살아 있음을 느끼는 또렷한 방법일 터이다. 길은 한없이 이어지는 영원성을 지니고 있는 것 같지만, 개인에게 있어서 그것은 처음과 끝이라는 두 점의 연결에 불과할 따름이다. 출생에서 죽음까지, 인생길에 들어선 그 누구도 시간을 거슬러 되돌아갈 수는 없다. 다만, 앞으로 나아갈 뿐이다.

    미국 논픽션 작가 테드 코노버는 ≪The Road≫에서 도로의 의미를 지닌 '길'을 욕망의 길, 변화의 길, 위험한 길, 증오의 길, 번영의 길, 혼돈의 길로 서술해 놓았다. 인간은 왜 길을 만들었고, 길은 세상을 어떻게 바꾸어 놓았는지를 말하고 있다. 각자의 이익을 위해서, 전쟁 승리를 위해서, 생존과 성장을 위해서 닦게 되는 모든 길은 사력을 다한 싸움의 장소라고 결론짓는다. 그러니 인간이 보다 나은 삶을 꿈꾸며 만든 도로 위에서 죽은 사람과 동물의 숫자는, 전쟁으로 인한 것보다 훨씬 더 많다는 통계가 나올 법하다.

    사람들은 흔히 길을 이런 사회학적인 의미보다는 은유적으로 받아들이곤 한다. 넓고 평탄한 길이 아닌, 좁고 힘든 길에 붙여진 이름이 다양한 것만 봐도 우리네 삶과 많이 닮아 있다. 지름길이 뻔히 보이는데도 에움길을 선택하거나, 한길을 두고 구태여 뒤안길이나 오솔길, 후밋길을 걷고자 하는 사람들도 있다. 질러가는 길을 마다하고 에둘러 간 사람들, 포장된 길 대신 험한 길을 간 사람들은 이렇게 말할지도 모른다. 길이 멀어서 쉬어 갈 수 있었고, 험해서 지루하지 않았다고. 그래서 지워지지 않는 추억을 여럿 얻을 수 있었노라고.

내 어릴 적의 길은 큰길과는 사뭇 거리가 멀었다. 구불구불 휘어져서 한 모롱이 돌아가면 술래를 잡을 수 있을 것 같았고, 오르막 내리막을 뜀박질하느라고 숨도 찼다. 무슨 연유인지는 모르지만, 내 기억 속 유년의 길은 언제나 하얀색이다. 친구들과 내달리던 고샅도, 엄마를 찾아 산밭으로 가던 길도 그렇다. 여름날 산으로 오르던 토끼길은 길섶의 무성한 풀들로 뒤덮여서 찾기도 힘들었다. 그런데도 그 길이 하얀색으로 아른대는 것은 무엇 때문일까.

어머니는 당신의 미소같이 포근한 목화를 무명 앞치마에 가득 따담은 채, 비탈길을 한달음에 올라와 할딱이는 나를 덥석 안아주셨지. 이른 아침, 알밤 주우러 가던 길은 뽀얀 안개에 휩싸여 있었다. 마치 내가 이상한 나라의 앨리스가 되기라도 한 것처럼 안개 장막 속에서 얼마나 신비스러워했던지. 언덕길 따라 뻗어 가던 박 넝쿨에서는 희디흰 박꽃이 만발하여, 저물녘 집으로 깃드는 노곤한 영혼을 말끔히 씻어 주었다. 이렇듯 하양이 땅을 물들이고 하늘까지 번져, 내 세상의 윤곽을 만들었던 모양이다. 그 시절의 꿈같은 기억은 훗날, 무형이 유형보다 더 큰 존재감으로 내 마음을 사로잡는 단초가 된 것이리라.

대여섯 살쯤 되었을까. 큰고모님이 많이 편찮으시다는 전갈을 받고, 어머니는 무언가 무거운 보따리를 머리에 이고서 먼 길을 가게 되었다. 짐 때문에 업어줄 수가 없다고 나를 떼어 놓으려 했지만, 기어코 따라나섰다. 끝이 없어 보이던 산골길에서 폴삭폴삭 먼지가 하얗게 일어났고, 입에서는 단내가 풍겼다. 삼복더위에 달궈진 자갈길을 걸을 때는 발바닥에 불이 났지만, 다시는 안 데리고 다닐까 봐 투정도 못 부렸다. 엄마 뒤에서 소맷부리로 눈물을 훔치면서 타박타박 따라 걷던 그 길도 석양빛 아래 풍성한 억새꽃처럼 하얗게 날아든다.

십 리 밖에 있던 초등학교에 가는 길은 세 갈래였다. 돌아가는 평길, 산길, 절벽길이다. 마른 날에는 대개 돌아서 가는 도로를 택했다. 소달구지가 오고 갈 정도의 너비로 들판을 가로지르고, 서너 개의 강을 건너던 길이다. 추운 겨울날, 미끄러운 징검다리나 외나무다리를 건널 때의 긴장감은 내가 성장한 이후까지도 남아서 다리를 후들거리게 했다. 이 에움길은 단연 가을이 제일 좋았다. 메뚜기, 잠자리 떼가 우리 악동들과 함께 어울렸다. 허기가 질 때는 탱자나무 울타리 밖으로 삐져나온 사과나무 가지를 휘어잡고 사과 서리를 하거나, 알밴 수수와 나락 이삭을 꺾어 들고 참새처럼 쪼아 먹었다. 그러다가 동네 어른들이 몰고 가는 소달구지라도 만나는 날에는, 횡재를 외치는 어린것들의 목소리가 사뭇 들떠 있었다.

강물이 불어난 날이면 영락없이 산길로 가야만 했다. 산등성이를 세 개는 넘어야 하니 만만한 길이 아니다. 등굣길에 숨차게 재촉했던 발걸음도 집으로 돌아올 적에는 하세월이었다. 산길은 봄과 여름이 제격이다. 봄날, 달근한 삘기도 뽑아 먹고 쌉싸름한 진달래 꽃잎을 따 먹느라 입술이 보라색으로 물들기도 했다. 뙤약볕 아래 검붉게 익은 산딸기를 따는 조막손들은 어찌나 재발랐는지, 가시에 찔리는 것도 아랑곳하지 않았다. 머루 알 같은 눈동자를 반짝이며 깔깔대던 그 시간들은 지금, 티 없이 행복했던 기억으로만 남아 있다. 어른들이 닦아 놓은 길을 걱정 없이 밟고 다니기만 하고, 이리 갈까 저리 갈까 망설이지 않아도 되었던 길─. 빈 도시락과 필통 소리를 악기인양 장단 맞추고, 풀 내음 잔뜩 실은 산바람을 가슴이 부풀도록 호흡하면서, 세상은 참으로 아름다운 곳이라고 은연중에 체득해 온 것만 같다.

그러나 절벽길을 생각하면 지금도 오금이 저려 오는 것을 어쩔 수가 없다. 에움길로 갔는데 마지막 큰 강을 건너지 못하게 되면, 옆길로 들어가 벼랑 위에 난 몹시 험한 벼룻길을 지나가야만 했다. 특히 그곳 가운데쯤에 있는, 폭이 어른 손으로 한 뼘 정도 되는 좁은 구간을 통과할 때에는 등에서 식은땀이 절로 흘렀다. 쉴 새 없이 조잘대던 동무들도 여기서 만큼은 쥐 죽은 듯 조용해진다. 낭떠러지 밑에는 깊이를 알 수 없는 시퍼런 물이 소용돌이치고 있었으니, 그것은 절박한 모험에 가까웠다. 그래도 실족 사고가 한 번도 일어나지 않았던 것은 천운이라 여겨질 정도로 감사한 일이다. 얼마 후 교량이 생기면서 폐쇄된 길이지만, 나중에 고향을 찾을 때마다 나는 잊지 않고 그 길을 올려다보며 가슴을 쓸어내리곤 한다.

먼 길이어서 동무들과 함께한 시간은 길었고, 자연과 교감하는 시간도 많았다. 그리고 길은 으레 좁은 길, 굽은 길이라 인식되었던 어린 날이 있었기에, 내 인생길이 탄탄대로가 아니어도 쉬이 절망하는 어리석음을 면할 수 있었던 것은 아닌지. 벼룻길조차도 얼룩지지 않은 하얀색으로 남아 있는 내 유년의 뽀얀 기억이여!

한 치 앞에

기상 시간이 일렀는데도 몸이 가볍고 새뜻한 기분이다. 밤새 장맛비가 멎고 벗갠 하늘 덕분이리라. 오늘은 며칠째 미루었던 등산을 할 수 있게 되어 분주하게 아침을 열었다. 일기 예보에서는 중부 지방에 많은 비가 온다고 했지만, 기웃거리는 햇귀가 나를 끌어냈다. 산길은 군데군데 골이 파인 채 단단히 굳어 있고, 나무들은 물을 흠뻑 먹어 포만감에 젖어 있는 것 같다.

자수정을 흩뿌려 놓은 듯하던 싸리꽃은 어느새 지고, 은행을 닮은 때죽나무 열매가 옅은 회색빛을 띠며 꽃자리를 대신하고 있다. 생강나무 잎사귀에 사뿐히 올라앉은 빗방울은 은색 광채를 내뿜으며 미동도 하지 않는다. 그새 사뭇 짙어진 초목들과 눈 맞춤하며 걷다가 평소에 꺾어 내려가던 길을 지나치고 말았다. 내친 김에 정상까지 올라가기로 마음먹고 나니 덤으로 얻은 시간인 양, 여유 한 자락이 가슴 주머니에 채워진다.

정상을 눈앞에 둔 때였다. 갑자기 구름 무게가 느껴지는가 싶더니,

이내 작달비가 쏟아지기 시작했다. 이런 낭패가! 혹시나 싶어서 3단 우산을 배낭에 챙겨 넣었다가, 이것도 짐이 되겠다며 도로 내놓고 왔는데…. 아무리 빨리 내려가도 집까지 1시간 30분은 걸릴 터이므로, 차가운 빗줄기를 속수무책으로 맞을 수밖에 달리 방법이 없다. 얼마 지나지 않아 등산화에조차 물이 흥건하다. 불현듯, 장마철에 우비 하나는 속는 셈치고 넣어 다니라던 어머니 목소리가 빗발에 실려 온다. 한 치 앞을 모르는 인생살이에서, 나는 아직도 단순한 진리 하나를 깨닫지 못하고 있는 것이다. 말 안 듣더니 그거 보라고 일침을 주는, 익살 가득한 어머니 얼굴이 손에 잡힐 듯 그려진다.

이왕 젖었으니 체념하고 느릿느릿 걸어 내려오는데, 홀연히 작년 여름 낙산사 템플 스테이에서 만났던 한 할머니 얼굴이 떠오른다. 다들 한여름 밤 꿈속으로 들어간 지도 한참이나 지난 시각에, 어둠을 뚫고 더듬거리며 내 옆 자리에 들자마자 이내 코를 골던 할머니이다. 이튿날 아침, 차를 마시며 들려주던 이야기는 회한으로 가득 차 있었다. 아들 둘, 딸 하나를 엘리트로 키워 낸 극성 어머니였다. 몇 년 전, 남편과 사별한 후의 삶은 자괴감으로 몹시 힘들었던 것 같다. 줄리아드 음대 출신의 딸은 성격이 괴팍해서 혼자 살아야 할 것 같고, 의사인 큰아들은 용돈 얼마 주는 것도 자유롭지 못하다고 했다. 같이 사는 둘째 아들은 교수인데, 부부 싸움이 잦아서 마음이 몹시 불편하단다. 그날도 다투는 꼴이 보기 싫어 무작정 집을 나섰다가 발길이 그리로 향했다고 했다.

짧은 일정이나마 묵언 수행으로 스스로를 들여다보는 시간이길 바랐으나, 식사 후에 알약 한 주먹을 힘겹게 삼키시는 할머니가 걸어오는 말을 외면할 수는 없었다. 자식들을 대치동 학원가로 실어 나르느라 자기 생활을 접은 탓에, 병들고 고달파도 이야기 나눌 친구가 없단다. 자조적(自嘲的)인 말들이 마치 폐쇄된 공간에서 출구를 찾다가 끝내 추락하고 마는, 나방들의 파닥거림처럼 들렸다. 자식들은 지금 살고 있는 집에 은근히 눈독을 들이고 있지만, 이제는 절대로 양보할 수 없다고 단호한 눈빛을 보인다. 그 집을 팔아서 수원에 있는 실버타운으로 들어갈 것이란다. 자식만 잘 키워 놓으면 당신의 행복은 보장될 것이라 굳게 믿었는데, 참으로 사람 일은 알 수가 없는 것이라면서…. 떠나올 때 쓰다 남은 모기향을 드렸더니, 오는 길에 전통시장에서 샀다며 팥 한 봉지를 기어이 손에 쥐어 주었다. 햇살이 따가운데도 부득부득 버스 정류장까지 따라와 손을 흔들어 주시던, 하얀 피부에 교양이 묻어나던 그 할머니는 지금쯤 마음의 안정을 찾으셨을까.

수락골을 내려오는 길에 낯익은 나무 의자가 눈에 들어온다. 분홍 모자 아주머니와 나란히 앉아서 몇 번 얘기를 나눴던 자리이다. 60대 초반에 고혈압으로 쓰러진 뒤, 도심의 큰 주택을 급매 처분하고 수락산 밑 아파트로 이사 오게 되었다고 했다. 처음에는 휠체어를 타고 다니는 모습을 보았는데, 얼마 후에는 지팡이를 짚고 걷더니 근래에는 좀 부자연스러워도 홀로 걸을 수 있게 되었다. 두 딸의 보살핌이 남달라서 항상 분홍빛 일색의 멋쟁이 차림새였다. 병원 신세를 진 적도 없고, 활달하던 자신에게 이런 일이 있으리라고는 짐작이나 했을까.

"건강할 때 건강 지켜요, 나처럼 되지 말구. 살아도 사는 게 아니
야, 친구도 못 만나고."

어눌한 말투이지만 간절함이 묻어나는 조언이었다. 그런데 그 아
주머니가 요즘 보이지 않는다. 요일과 시각을 달리해서 가 봐도 만날
수가 없다. 이제는 동창회에 나가도 되겠다고 권유를 했었는데, 자꾸
만 염려가 된다.

웰빙이 대세인 지금, 사람들은 대부분 건강하게, 적어도 평균 수명
은 살아 내어서 아름다운 마무리를 할 수 있을 것으로 낙관한다. 그
러나 호스피스 활동을 하고 있는 어느 성직자는 '준비 없는 죽음은
고삐에 묶여 도살장으로 끌려가는 소를 생각하게 된다.'고 했다. 나
이와 신분에 관계없이 받아들여야 하는 것이 죽음이다. 단지 우리는
태어남과 동시에 죽음이 늘 함께 있다는 것을 망각하고 살 뿐이다.

지구상에는 숨 한 번 쉬면 사라지는 1초 동안에도 엄청난 일들이
일어난다. 승용차 1대가 만들어지고 TV 4대가 생산되며, 8명의 새
생명이 태어나는가 하면, 한편에서는 5명이 목숨을 잃는다. 20만 마
리의 개미가 알에서 깨어나고 166개의 병 콜라를 소비한다는 통계가
있다. 시간 벨트 속의 1초는 항하(恒河)의 무수한 모래알 중 하나에
지나지 않을 것이나, 분리된 존재로서의 1초가 갖는 의미는 실로 지
대하다.

톨스토이는, 미래를 예측할 수 없는 인간이기에 '사랑'으로 살아가
야 한다고 했던가. 최소한 즉흥적인 쾌락과 진정한 행복을 분별할

줄은 알아야겠다. 만약에 어떤 일이 닥치더라도 후회하지 않도록, 귀한 시간을 낭비하는 어리석음은 면해야 하지 않을까.

발자국에 인사하다

이른 아침, 꿈인 듯 시야에 들어온 창밖 풍경은 온통 하양이다. 연일 계속된 강추위로 마음까지 얼어붙었는데, 갑자기 눈발이 온기가 되어 몸을 데우기 시작한다. 하얀 눈이 탐스럽게 내려앉았을 산마루의 솔숲이 눈에 아른거려 집을 나섰다.

풀어놓을 이야기가 끝이 없는 양, 차분히 내리는 눈송이는 대지 위에 켜켜이 쌓인다. 산 초입에는 벌써 발자국이 더러 보인다. 서너 사람의 발자국이 겹쳐졌다 떨어졌다 하며 길을 만들어 놓고 있다. 나도 그 위에 발자국을 하나 더 보태다가 불현듯, 아무도 가지 않은 곳으로 길을 내고 싶은 충동이 일어났다. 고샅길처럼 내게는 익숙한 산이지만, 눈으로 덮여 버리니 길을 찾기가 쉽지 않다. 공연히 에워 가다가 푹푹 빠져들기도 하고 미끄러지기도 했다.

여느 때처럼 중턱쯤에서 내려가려다 아쉬움이 남아 정상으로 발길을 돌렸다. 고요한 산길에 수북수북 두께를 더해 가는 눈이 마음을 흔전하게 만든다. 시인 백석은 오늘처럼 하늘과 땅이 하나로 이어졌을 때, 사랑하는 나타샤를 그리워했으리라.

> 눈은 푹푹 나리고/ 나는 나타샤를 생각하고/ 나타샤가 아니올 리 없다./ 언제 벌써 내속에 고조곤히 와 이야기한다.

세상도 하얗고 시인의 마음도 하얗고. 하얀 마음에 붉게 물든 그리움이 만물도 제 맘 같을 줄 여기게 하여 시인은 '힌 당나귀도 오늘밤이 좋아서 응앙응앙 울 것이다.'라고 노래했을 것이다.

나무마다 눈이 쌓이는 모습도 제각각이다. 듬뿍 주어도 죄다 흘리고, 조막손으로 미안한 듯이 조금만 받아 들고 있는 싸리나무, 욕심껏 받지만 공간이 작아서 구석구석 숨겨두는 데 그치고 마는 노간주나무. 뭐니 뭐니 해도 곳간이 넘쳐나는 소나무의 눈이 최고로 복스럽다. 이런 설송에게 으밀아밀 속마음을 전하고 있는데, 누군가 지나가는 소리가 들린다. 그러나 모자를 눌러쓴 채 설경에 빠져 있던 터라 돌아볼 겨를이 없다. 눈 쌓인 소나무를 요리조리 돌아가면서 휴대폰 카메라에 담고서야, 솔밭을 나와 오름길로 들어섰다.

이제는 앞서간 발자국이 나를 인도한다. 그칠 줄 모르는 눈으로 등산로를 구분하기가 힘들었는데, 마침 잘됐다는 생각이 든다. 일정한 간격을 유지하며 또박또박 찍힌 발자국이 점잖은 신사의 얼굴인 양, 마주 대하기가 숙연하다. 백범 김구 선생이 어려운 결단을 할 때마다 되새겼다던, 서산 대사의 선시에는 '눈 덮인 들판을 함부로 걷지 말라.'는 시구가 있다. 오늘 내가 걷는 발자국은 뒷사람의 길잡이가 되기 때문이라고. 문득 내 발자국은 어떻게 생겼을까 궁금해졌다. 걸음을 멈추고 뒤돌아보니, 내 발자국이 무질서하게 따라오고 있다. 참으로 낯설다. 새삼 확인을 하고 싶어 다시 한 번 꾹 눌러디뎌 보았으나, 역시 단정한 모습은 아니다.

내 흔적에 일말의 실망감을 느끼며 가파른 길로 접어드는데, 눈을 싸리비로 싹싹 쓸었는지 짙은 황톳길이 나왔다. 순간 나는 누가 쓸데없는 일을 했다고 핀잔 섞인 생각을 한다. 별로 미끄럽지도 않은데 모처럼 눈을 좀 밟아 보게 놔두지 싶었다. 하지만 나의 배은망덕한 생각은 채 5분도 못 가서 황송함으로 바뀌고 말았다. 경사진 바윗길에 이르자마자 미끄러워 넘어지기 십상이었다. 이 산에 빗자루를 들고 왔을 리는 만무할 텐데, 어쩌면 이리도 말끔히 치울 수 있단 말인가. 나뭇가지 몇 개를 꺾어서 쓸었을 거라고는 믿어지지 않을 정도였다.

쓸어 놓은 길을 지나고 나니 또다시 예의 그 발자국이 나타났다. 누군지 남을 위한 배려가 매우 깊다고 생각하며 협곡으로 올라가려니까, 중년으로 보이는 남자 한 분이 가풀막진 길을 내려오고 있다. 나를 인도하던 발자국의 주인공이 틀림없다고 여겨졌다. 길을 쓸어주어서 고맙다는 인사를 하고 싶은데, 머릿속에서만 맴돌 뿐 말이 나오지 않는다. 초면에 덥석 말을 걸지 못하는 성격 탓도 있지만, 새털구름처럼 가벼운 몸놀림으로 흔연해 보이는 그분을 방해하고 싶지 않아서이기도 했다. 외길이라 한쪽에 비켜서서 먼저 갈 수 있도록 양보하는 것으로 고마운 마음을 대신했다.

하산할 때도 역시 발자국을 따라가면서, 아까 그 사람의 흔적은 매우 정연하다는 느낌이 들었다. 하염없이 내리는 눈발에 이끌려 적요(寂寥)한 눈 산을 아이젠도 없이 무모하게 올랐지만, 그분 덕분에 무탈하게 내려갈 수 있다고 생각하니 고맙기 그지없다. 아무도 없는 산에서 앞서간 발자국을 보고, 나도 모르게 "고맙습니다."라고 인사했다. 머쓱해서 하늘을 올려다보니, 작은 눈송이들이 앞다투어 내려와 장난치듯 뺨을 간질인다.

내가 걸어온 길을 돌아보면 고맙다고 인사해야 할 발자국들이 즐비하다. 책 속의 인물이든, 주변의 어른들이나 선배들, 친구들에게서 빌려온 지혜들이 얼마나 많은가. 길이 나 있지 않은 미지의 세계를 걸어가기란 여간 힘든 일이 아닐 것이다. 앞장서서 걸어간 이들이 있기에, 나는 큰 어려움 없이 여기까지 올 수 있었다. 세상을 살아가면서 궂은 모습을 보고 반면교사로 삼기도 하지만, 그보다는 반듯한 모습으로 살아간 이들을 보고 배우는 바가 더 크다. 공기를 호흡하듯 많은 시간을 함께하면서 은연중에 받아들인 선행(善行)들을 어찌 모른다 할 수 있겠는가.

어려움이 있을 때에는 늘 히든카드인 양, 꺼내 들고 본보기로 삼는 것이 있다. 바로 친정어머니와 언니들, 시댁 형님들이 걸어가신 삶의 궤적들이다. 누가 나를 화나게 해도 상대방에게 무안을 주지 않고, 무엇이 잘못됐는지 스스로 깨닫도록 지켜보는 인내심을 어머니에게서 배우고자 기웃거린다. 그리고 성격이 다른 우리 아이들이 성장 과정에서 해법을 요구하는 문제를 들고 나올 때마다, 나는 조카들을 길

라잡이로 내세운다. 손쉽고 가장 효과적인 방법임을 나는 물론, 우리 아이들도 이내 수긍하니 이 얼마나 고마운 일인가.

인사드려야 할 발자국이 너무 많아서 허리 굽힘이 길어야 할 것 같다. 나도 내 마음속에 신전처럼 모셔 둔 그분들에 대한 기억으로, 오늘 눈 산에서 뒤돌아본 것보다 더 예쁘고 선명한 발자국을 남기고 싶다.

흐르는 강물처럼

사람뿐만 아니라 물도 길을 낸다. 물길이다. 온몸에 퍼져 있는 실 핏줄들이 굵은 혈관으로 모여들 듯, 대지를 골고루 적시며 흐르던 지류들은 마침내 큰 강으로 흘러든다. 산짐승이 뒤쫓아 오기라도 하는 양 급한 걸음도 있지만, 더러는 걸음발을 타는 아기같이 느린 걸음도 있다. 흐르는 곳과 모습이 다른 만큼, 작은 물줄기들이 품은 사연도 각양각색일 터이다.

장맛비가 며칠 동안 퍼부은 다음날, 설악산 대청봉을 넘어 백담 계곡으로 접어들었다. 골짜기마다 피어오르는 안개가 산벚꽃 무리처럼 희끄무레하다가, 어느새 회오리바람에 내몰리듯 떼 지어 등성이를 넘는다. 등산로를 따라 졸졸거리던 빗물은 조금 더 내려가니 좁은 골짜기를 만들었다. 깔딱고개를 지나 계곡이 합쳐지는 곳에 이르자, 세상의 모든 소리가 거세지는 물소리에 빨려 들고 만다.

가던 길을 멈추고 돌아서서 강의 시작점을 올려다본다. 아, 강의 일생이 이렇게 시작되는구나! 눈부신 햇살 아래 연둣빛으로 일렁이는 녹음 사이로 계곡물이 세차게 내닫는다. 뽀얀 물보라를 일으키며 직선으로 내리꽂히는 웅장한 물줄기가 흙을 파내고, 바윗돌을 깎아서 긴 계곡을 만들어 낸 것이다. 숨 가쁘게 흐르다가 소(沼)에서는 소용돌이치며 잠시 쉬어 갔다. 곧게, 때로는 구불구불 돌아서 가기도 했다. 그렇게 아래로 거침없이 내려가서 한강에 합류할 것이다.

중년이 되어서 바라본 한강은 마냥 무심하기만 하다. 말을 걸어도 도무지 들은 체도 하지 않을 성싶다. 여고 시절 가끔 찾았던 낙동강은 그렇지 않았다. 영호루 아래 바윗돌에 앉은 소녀에게 귀를 내어 주었고, 다독거리듯 찰랑거렸다. 고이 접어 두었던 작은 꿈도 무지개색 풍선으로 키워 냈고, 분분했던 마음을 제 몫인 양 끌어안고 흘러 갔다.

물은 사람과는 다르게 어느 길로 갈 것인가를 고민하지 않을지도 모른다. 다만 주어진 물길을 따라 순응하며 흐르는 것만 같다. 사람의 길은 이와는 조금 다르지 않을까 싶다. 수많은 선택의 길을 걸어 왔음에도 불구하고 여전히 길 위에서 길을 묻는다. 어디로 가야 하는지 끝없는 물음을 던지는 까닭에는, 인생이 그다지 길지 않다는 안타까움이 눈물처럼 배어 있다. 내게 주어진 시간을 제대로 의식하면서 살고 싶은 바람 때문이기도 하다. 미미한 지류가 합쳐져서 강줄기를 이루듯이, 사소한 습관이 지속되면 한 사람의 인생을 좌우할 만한 길이 만들어진다. 그 길은 삶을 윤택하게 할 수도 있지만, 혹여는 그 반대일 경우도 있다. 늦은 후회로, 되돌아가고 싶어도 그때는 이미 엎질러진 물이 되기 십상일 수도 있다는 말이다.

헤르만 헤세는 소설 ≪싯다르타≫에서 주인공 '싯다르타'를 통해, 실존 인물 고타마 싯다르타보다도 더 친근하게 깨달음의 길을 그려 내고 있다. 생로병사의 피할 수 없는 진리 앞에서, 무기력해질 수밖에 없는 인간이 나아갈 길을 보다 현실적으로 제시해 준다. 신에게 의지한 채 길을 찾는 타율적인 방법이 아니다. 주인공은 인간이 겪을 수 있는 온갖 일들을 경험하다가 늦지 않게 자아성찰을 해낸다. 유희, 탐욕, 나태가 몰고 온 번뇌와 방황 끝에, 깨달음을 얻은 곳은 바로 강가에서다. 그는 강으로부터 '흐르고 또 흐르며 끊임없이 흐르지만, 언제나 거기에 존재하며, 언제 어느 때고 항상 동일하면서도 매 순간마다 새롭다!'는 사실을 터득한다. 사물이 전하는 말까지도 귀 기울여 들을 수 있게 된 그는, 사색할 줄 알고 기다릴 줄 알고, 단식할 줄 아는 능력을 갖추고 완성의 단계로 들어간다.

잔잔한 숨소리만 낼 뿐, 강물은 말이 없다. 강의 침묵은 말로 옮길 수 있는 지식이 아니라, 오로지 느낌으로 체득해야 하는 지혜의 모습이다. 강물의 발원지에서 흐르기 시작한 물은 계곡을 거쳐서 개천을 지나는 동안, 숱한 생명을 살려 냈을 터이다. 하지만 본의 아니게 깊은 상처를 주고, 심지어는 죽음으로 밀어 넣는 행위까지도 해야만 했다. 행복에 겨워서 콧노래도 흥얼거려 보았고, 분노를 삭일 수 없어서 우레와 같은 아우성도 쳐 봤을 것이다. 만남의 기쁨으로 설레는 가슴을 주체할 수 없는 시간도 있었고, 애끊는 이별의 아픔도 겪었을 것이다. 그러나 강물은 여전히 말이 없다. 강에는 현재만 있을 뿐, 과거와 미래의 흔적이 있을 수 없다. 쉴 새 없이 변화하면서도 변하지 않는, 다양성과 단일성을 동시에 안고 있는 강물이다.

아우렐리우스는 '내 영혼보다 더 조용하고 평온한 은신처는 없다.' 고 말했다. 한없이 낮은 데로 흐르는 강물처럼 하심(下心)을 지닌 채, 행복과 불행의 경계도 무화시키며 잠잠히 '흐름'에 충실할 일이다. 또한, 자주 내면의 소리에 귀를 기울이는 습성으로 맞춤한 길 하나 내어, 영혼과 자주 만나는 시간을 가져야겠다.

나의 행복 지수는?

　새해 벽두에 우연히 접하게 된 한 중견 소설가의 말이, 내게 더없이 좋은 덕담으로 다가왔다. 피부색이나 성별, 연령, 사회적 계층을 막론하고 삶의 궁극적인 목표로 삼고 있는 '행복', 그것의 기준을 어디에 두고 살아야 할 것인가에 대한 내용이다.

　그 작가는, 요즘 사람들은 오랜만에 만나면 주로 세 가지 질문으로 상대방의 성공과 행복을 가늠하려 한다고 말했다. 세 가지란 재산, 자식, 건강을 이름이다. 몇 평 아파트에 살고 있으며 평당 가격은 얼마나 되는지, 그리고 자식은 어느 대학을 나와서 지금 어디에 근무하고 있으며 월급은 얼마인지, 본인의 건강을 챙기기 위해서 어떤 건강 보조식품을 먹는지를 물어온다고 했다. 그는 물질과 명예가 곧 행복의 크기에 비례하는 것처럼 되어 버린 현대 문명을 못내 안타까워하면서, '소통'에서 행복을 찾을 수 있기를 희망했다. 타인과 또는 나 스스로와, 더 나아가 자연과 얼마나 친밀하게 소통할 수 있는가를 물어야 한다는 뜻이다.

네로 황제의 스승이었던 세네카는 '가난한 사람은 너무 적게 가진 이가 아니라, 너무 많이 가지기를 바라는 사람'이라고 했다. 이웃 중에 크고 작은 상가를 11개나 가진 사람이 있다. 재산 가치로 얼마나 큰 액수가 되는지는 짐작할 수 없지만, 자식들까지도 평생 돈 걱정 없이 살 수 있는 재산이라고 한다. 처음 그 재력가를 알게 되었을 때 나는, 늘 돈 걱정을 하면서 살아가야 하는 서민으로서 그 사람이 부럽고, 그런 이는 얼마나 행복할까 싶었다. 하지만 재력이 바로 행복은 아니라는 사실을 이내 알게 되었다. 그분의 얼굴에서 환한 웃음을 본 적이 별로 없기 때문이다. 그에게는 걱정이 그림자처럼 따라다녔다. 자식 일이 잘 안 풀려서, 뒤퉁스러운 남편이 거슬려서, 상가 임대료를 제때에 못 받아 내서…. 그는 아무리 채워도 채워지지 않는 독 하나를 끌어안고 사는 사람처럼, 조금이라도 더 채워 넣기 위해서 애를 쓰고 있었다. 언제쯤 화수분 하나가 안겨질지, 만 원짜리 한 장도 마음 편히 쓰지 못하는 그녀가 딱해 보일 때가 많았다.

지난가을, 어느 단체에 끼어서 지리산 천왕봉에 오른 일이 있다. 정상을 앞두고 비치적거리며 금방이라도 주저앉을 것 같은 다리를 겨우 옮겨 놓고 있는데, 가파른 오르막길을 사뿐사뿐 오르고 있는 할머니 한 분이 눈에 띄었다. 반백의 머리로 보아 연세가 꽤 드신 것 같은데 어떻게 저런 체력이 되는지 놀라웠다. 아들인 듯한 청년과 다정스레 얘기하는 모습이 한없이 행복해 보여서 말을 걸었다.

"아주머니, 참으로 행복하시겠습니다. 든든한 아드님이 동행을 해 주어서요?"

"네~ 행~복합니다. 행복 그 자체입니다!"

행복이란 꽃이 있다면 바로 저 아주머니의 얼굴일 거라는 생각이 들 정도로 맑고 평안한 모습이었다.

인천에서 오셨다는 그분을 하산 후에 한 숙소에서 다시 만났다. 나와 친구는 뻣뻣해진 다리를 주무르며 기진맥진해 있는데, 아주머니는 맨바닥에서 물구나무서기를 했다. 그러더니 가뿐히 일어나 젊은 무용수같이 유연한 몸동작으로 요가를 하면서 몸을 푸는 게 아닌가. 올해 68세이지만, 병원 진단 결과 신체 나이는 47세라고 했단다. 아들이 중학생일 때 남편을 여의고 어렵게 살아와서 현재 가진 것은 별로 없지만, 친구처럼 늘 살갑게 대해 주는 아들 덕분에 더 바랄 것이 없다고 했다. 이제는 오로지 집착에서 벗어날 수 있도록 날마다 기도를 올린다는 그분이야말로 자식을 성공적으로 키웠고, 육체 건강은 물론 정신 건강도 가장 바람직한 방법으로 지켜 나가는 사람이라고 여겨졌다.

영국의 심리학자 로스웰과 인생 상담사 코언이 함께 만들어서 발표한 행복 지수에서, 방글라데시가 세계 1위를 차지했고 우리나라는 102위에 머물렀다. OECD 국가 중에서는 덴마크가 1위, 미국은 23위, 우리나라는 28위였다. 삶의 질은 소비 수준과 관계없다는 것을 보여 주는 단적인 예라고 볼 수 있을 것이다. 인간의 행복은 주어진 환경 속에서 어떻게 살고 있느냐를 기준으로 평가되는 것 같다. 동일한 조건이라 하더라도 어떤 사람들은 거기에서 행복을 느끼는가 하면, 또 어떤 사람들은 불행하다고 한숨을 짓기도 하니까 말이다.

인간은 거울을 발명하면서 불행이 시작되었다고 한 말이 생각난다. 남과 비교하지 않았을 때에는 행복한 줄 알았다가도, 더 예쁘고 능력 있는 사람과 비교를 하게 되면 상대적으로 불행을 느낀다는 뜻이다. 쇼펜하우어도 우리가 남을 부러워하는 데 인생의 4분의 3을 쓰고 있다고 지적했듯이, 우리는 너무 쉽게 더 나아 보이는 여건에 유혹당하고 만다. 작은 벌레 한 마리가 사각사각 과일을 갉아먹듯이, 우리도 우매한 마음 한 조각으로 자신의 행복을 갉아먹고 있는지도 모른다.

비록 의료 수준이나 교육 환경 등 모든 것이 열악한 상황 속에서도, 행복을 찾을 수 있는 방글라데시 국민들에게는 우리와 어떤 다른 인자가 있는지. 아마도 그들은 우리가 갖지 못한 지혜를 지니고 있음이 틀림없을 성싶다. 욕심을 줄이고 현재의 생활에 만족하며 감사할 줄 아는 능력을 가진 사람이야말로, 웃는 시간이 조금 더 길어진다는 소박한 진리를.

옆에 존재하기 때문에 들을 수 있는 아내의 방귀 소리조차도 고맙다던 노 작가의 말이 미소 띤 메아리가 되어 귓가에 맴돈다. 서로가 건네는 눈빛을 반갑게 받아 주고, 들려오는 작은 목소리에도 귀 기울이는 가족이 있다면, 행복은 샘물이 되어 마르지 않을 것이다. 곤고한 삶이 나를 괴롭힐 때 주저 없이 불러낼 수 있는 친구를 두었다면, 그 샘물은 생명의 찬가라도 불러 주지 않을까. 혹독한 추위를 견뎌 낸 나무에게 너 참 용하다고 칭찬을 해 주고, 웅얼거리는 나무의 말을 들을 수 있다면 그 샘물은 신이 나서 춤까지 출 것만 같다.

행복으로 가는 마음 밭을 일구며 올 한 해를 채워 가고 싶다.

아름다운 슬픔

우리는 '기쁘다', '슬프다'를 느껴지는 대로 쉬이 말하면서 살아간다. 기쁨과 슬픔이 씨줄 날줄로 짜여진 게 바로 우리네 삶이기에 그렇다. 불청객이 되어 느닷없이 찾아드는 슬픔 중, '죽음'이라는 극한 상황에서의 감정을 말로 표현하기란 그리 쉽지 않다. 칠흑 속에 던져진 것 같고, 천 길 낭떠러지에 맞닿고 만 것 같은 숨 막히는 느낌이라고나 할까.

죽음에 대한 애도는 동물에게서도 찾아볼 수 있다. 어미의 주검 곁을 떠나지 못하고, 거의 식음을 전폐하다시피 지내다 끝내 숨을 거둔 어린 침팬지. 또한 어린 자식의 축 늘어진 시체를 차마 버리지 못하고, 몇 날 며칠간 품에 안고 다니는 어미 침팬지의 모습을 TV에서 본 적이 있다. 그렁그렁한 눈망울, 고목 껍질처럼 굳어 버린 침팬지의 표정에서 그 슬픔이 얼마나 큰지 이내 짐작되었다. 별안간 가슴 저 밑에서 꾸역꾸역 밀고 올라오는 뜨거운 용암 같은 것을 느꼈다. 사람도 아닌 동물에게 이토록 애틋한 사랑이 있을 줄이야.

나이가 들어가는 탓일까. 흐르는 눈물을 주체하지 못할 때가 있다. 그러나 눈물을 흘리는 연유가 예전과는 많이 달라졌다. 무섭거나 억울해서, 그립고 애가 타서 흘리는 눈물은 가뭄에 강바닥 드러나듯 말라 가고 있다. 이제는 슬픔보다는 대상이 너무 아름답고 존경스러워서, 충만감에 흐르는 눈물이 그것을 대신하고 있다.

일 년 전 김수환 추기경님이 선종하셨을 때도, 그분의 삶이 청명한 가을 하늘처럼 맑고 아름다워서 가슴 먹먹해하며 눈물지었다. 스스로를 '바보'라고 하신 말씀이 그 어른의 진심이었음을 느끼는 순간, 벅차오르는 감정을 억누르기가 힘들었다. 실하게 익은 벼 이삭이 되어 저절로 고개를 숙이는 모습은 비할 데 없이 아름다웠다. 가끔 "난 참 바보 같아. 바보인가 봐."라고 말할 때가 있다. 그러나 곰곰이 더 들어 보면 정말 내가 바보라고 생각한 적은 없었던 것 같다. 다분히 공연한 말로, 얼마쯤은 역설적인 마음이 잠재되었던 게 아닌가 싶다.

죽음이 가까워지면 대우주와 무한한 진리 앞에서 한 아름 안게 될 경외감이 사람을 겸손하게 만든다고 한다. 하지만 추기경님의 겸손은 일생을 통하여 낮은 자세로 살아오셨던 세월의 결정체다. 그분의 선한 인상과 무척이나 잘 어울리는 말, '바보야'는 두고두고 내 마음속에 메아리로 남을 것이다.

아름다운 사람은 많은 이들을 울게 만든다는 사실을 또 한 번 겪게 되었다. 봄이 오는 것이 유난히 힘들어 보이던 올 춘삼월에 법정 스님께서 입적하셨다. 자유로운 영혼을 위해 홀로 푸르게 살다 가신 스님 영정 앞에 무릎을 꿇었다. 민망스러울 정도로 눈물이 쏟아져

회색빛 방석이 얼룩지고 말았다.

학창 시절, 가난한 형편에 등록금을 받아 가는 것이 미안해서 틈틈이 바쁜 일손을 돕곤 했었다. 큰오빠, 어머니랑 같이 긴 서숙(조)밭이랑을 타며 김매기를 하던 날, 바람 한 점 없이 내리쬐는 뙤약볕에 땀방울이 두드득, 마른땅을 적시던 기억이 떠오른다. 오늘은 그 땀방울 대신 눈물방울이 시야를 가리고 있다.

갓 들어간 직장에서 아버지의 임종 소식을 듣고 집으로 달려가던 두 시간 남짓 동안, 그때도 참 많이 울었다. 그러나 그 눈물은 애가 타서 흐르는 것이었다. 삭신이 어그러질 정도로 고생하신 우리 아버지, 이제 효도 좀 하려는데 그 기회도 주지 않는 야속한 우리 아버지, 하면서 울었다.

법정 스님과는 면발치서 그분의 설법을 몇 번 들은 인연밖에 없지만, 혈육을 잃은 슬픔 못지않다. 늘 서걱서걱 대숲 바람을 일으키며 법회 장소에 나타나셔서, 군더더기 없는 설법으로 청중의 마음을 훈훈하고 맑게 바꿔 놓곤 하셨다. 일상의 삶은 물론 종교에도 얽매이지 말라고, 자신의 삶을 순간순간 맑은 정신으로 지켜보며 아름답게 살라고 하셨다. 아무리 좋은 말을 해도 공언(空言)이나 허언(虛言)이 섞여 있다면, 이런 울림이나 눈물은 없었을 것이다. 보통 사람들은 맑고 아름다운 삶을 꿈꾸면서도 나태하거나 용기가 없어서, 혹은 욕심을 버리지 못해서 이행하기 힘들었던 것들을 스님은 몸소 실천으로 보여 주셨다.

이른 봄, 한풍(寒風)을 견뎌 내고 꽃망울을 터뜨리는 매화 한 송이도 편안한 마음으로 감상하지 못 하셨던 분이다. 문향(聞香)이라고 말씀하셨다. 매화 향은 코로 맡는 것이 아니라 귀로 들을 줄 알아야 한다고. 봄이 와서 꽃이 피는 게 아니라, 추위를 이겨 내고 꽃이 피었기 때문에 봄이 오는 것이라고 하셨다. 간소한 생활, 선택한 가난함이야말로 영혼을 살찌우는 길임을 누누이 강조하셨다.

한두 세기 전, 자연 친화적인 삶을 표방했던 니어링 부부와 데이빗 소로우는 당대 지식인들로서 누릴 수 있었던 도시의 문명 생활을 거부하고 대자연에 묻혀 살았다. 그들의 삶을 ≪조화로운 삶≫과 ≪월든≫에서 엿보며 자연의 숨소리를 들었듯, 세상과 소통의 다리로 삼았던 스님의 책들을 통해 하늘 냄새를 맡으며, 동시대에 살아 있음을 행복해했다.

달변가와 웅변가들이 그 어느 시대보다 많은 세상이다. 연설이나 설교가 넘쳐 난다. 말을 못하면 존재조차 사라질까, 갑도 을도 어디서든 목소리를 높인다. 소음으로 혼탁해진 이 시대를 향해 은자(隱者)로서, 수행자로서 체득한 삶의 모습을 질박하게 풀어낸 스님의 음성은, 잠언이 되어 가슴속에 꽃잎으로, 초승달로 수놓아져 있다.

겨울 소나무 같았던 그분의 흔적을 더듬으며 슬픔도 아름다울 수 있다는 것을 온몸으로 느껴 본다. 살아남기도 힘든 혹한에 자신의 빛깔을 지켜 낸 겨울 소나무들은 얼마나 힘든 시간을 보냈을까. 자신에게는 엄격하고 남에게는 따스한 마음으로 다가가던 스님의 숭고함이, 그윽한 솔향으로 오래도록 남으리라.

선택의 길

11월 초순인데도 이곳의 나무들은 겨울 준비를 얼추 끝낸 것 같다. 붐비지 않는 산행을 위해 서울에서 먼 산을 찾았다. 등산 전문가 못지않은 친구를 따라나선 길이 마냥 편하고 설렌다. 포천시 이동면에 위치한 백운산 정상을 넘어 도마치봉에 이르니 점심때가 조금 지났다. 양지바른 둔덕에서 찬기 서린 바람을 심호흡하며 누리는 식사시간, 오관이 활짝 열린다.

높은 산에서는 어둠이 일찍 내릴 것을 염려하여 발길을 재촉했다. 목적지인 도마치 계곡으로 내려가는 길을 찾아야 한다. 그런데 능선길을 가도 가도 이정표가 나타나지 않는다. 어찌된 일일까. 햇살을 받아 황토색으로 펼쳐진 산맥 저만치에 북한 땅이 있을 것으로 짐작되니, 갑자기 조바심이 일기 시작한다. 사막 한가운데에 서 있는 느낌이다. 산을 오를 때 앞서거니 뒤서거니 하던 사람들은 모두 어디로 사라진 걸까. 지도를 들여다보아도 도무지 감이 오지 않는다. 마침 한 무리의 아저씨들이 억새꽃 무더기를 드나들며 다가오고 있다. 인적 없는 산길에서 만나는 사람이 이렇게 반가울 수가 없다.

그런데 그들은 우리가 가고자 했던 길을 한참 전에 놓쳤다고 일러준다. 되돌아가든지, 아니면 국망봉까지 더 가서 다른 길로 하산하든지 둘 중에 하나를 선택해야만 한단다. 까마득하다. 다리는 벌써 팍팍해오는데 이 길도 저 길도 만만하지가 않다. 우리는 그제야 깨달았다. 등산객이 많지 않은 이런 곳에는 이정표 관리가 허술하다는 것을. 도마치 계곡으로 가는 갈림길 즈음의 표지목이 우거진 숲에 가려져 있었는지도 모를 일이다. 고민을 하던 친구가 제안을 한다. 우측 사선으로 내려가면 그 계곡을 만날 수 있을 것이라고. 이미 나 있는 길도 쉽지 않은데 된비알에서 길을 내며 가야 한다니, 엄두가 나지 않는다. 하지만 시간을 절약해 보자는 친구의 마음을 헤아렸기에 달리 어떤 말도 할 수가 없었다.

계곡의 발원지를 능선에서 찾는 일은 결코 쉬운 일이 아니다. 경사가 급한 곳에서 내리 딛는 걸음마다 진땀이 났다. 시간을 가늠할 여유도 없이 걷기만 하다가, 드디어 하천같이 널찍한 도마치 계곡으로 들어섰다. 기쁨도 잠시, 보이는 것은 산으로 겹겹이 둘러싸인 하늘뿐, 계곡 끝은 요원하기만 하다. 게다가 이끼 낀 돌을 밟고 가기란 여간 조심스러운 게 아니다. 여기서 발목이라도 삐끗하면 큰일이다. 오죽하면 산딸기 넝쿨로 뒤덮인 자국길을 마다하지 않았을까.

입구에 군부대가 있어서 인적이 드문 곳이라더니, 과연 원시림에 가깝다. 너럭바위에 걸터앉아 비경을 즐기고 있는 잠깐 사이에 어둠이 사위를 에워싼다. 이따금씩 산짐승들이 까만 고요를 깨뜨리는 소리에, 머리칼이 올올이 곤두서는 것 같다. 손전등을 켜 들고 물이 흘러가는 쪽으로 걷고 또 걸었다. 급기야는 손전등도 빛을 잃어가고, 오히려 계곡 너비만큼 열린 검푸른 하늘이 더 밝다. 별빛이다. 싸늘하고 애처롭지만, 영롱하게 반짝이는 별빛이 유일한 등댓불이다. 미안해하는 친구 앞에서는 태연한 척했지만, 속으로는 얼마나 무서웠는지 모른다. 오금을 저리며 민가 쪽으로 나온 시각은 밤 8시 30분. 살았구나! 나도 모르게 신음이 흘러나온다. 깊은 안도감이 되레 피로를 증폭시키는지 한 발자국도 옮길 수가 없다.

길가의 허름한 벤치에 털썩 몸을 뉘인 채, '선택'에 대해서 생각해 본다. 잘못 든 길임을 알았던 그때, 왔던 길로 돌아가거나 더 가서 안전한 길로 하산하지 못한 것이 못내 아쉽다. 인생길도 마찬가지일 것이다. 돌아보면, 청소년기 이후 지금까지 고통스러운 선택의 순간들이 얼마나 많았던가. 학교, 직업, 결혼…. 여러 갈래의 길 중에 하나의 길만이 허락되었을 때, 다른 길을 잃어버리는 상실감은 태산만큼이나 컸다. 가지 못한 길이 가야할 길보다 훨씬 더 큰길이 되어, 내 삶을 송두리째 뒤덮던 시절도 있었다. 그런 아픔은 좀처럼 아물지 않아서 흐린 날이면 으레 도지는 신경통과도 같았다. 밀려드는 회한을 주체할 수 없어 뜬 눈으로 밤을 지새운 어느 날 밤도 오늘처럼, 뭇별들이 안타까운 눈빛으로 나를 내려다보았었지.

프로스트도 20대에 고민이 제일 많았던 모양이다. 〈가지 않은 길〉을 이 시기에 쓴 걸 보면 말이다. 중년이 된 지금, 이 시를 다시 곱씹어 본다. 감회가 적잖이 다르다. 화자가 가을 숲속에서 두 갈래 길을 오래도록 응시하다가 한 길을 택한다. 그리고는 먼먼 훗날 한숨 쉬며 이야기할 것이라고 한다. '나는 사람들이 덜 걸은 길을 택했고, 그로 인해 모든 것이 달라졌다.'라고. 그러나 이것은 잘못 선택한 길에 대한 회한을 담고 있는 글이 아니다. 화자가 말하는 시점은 머리가 희끗해진 훗날이 아니라, 갈등 끝에 한쪽 길로 막 접어든 순간이다. 세월이 흐른 뒤에 후회할 것을 예상하면서도, 어느 한 길을 고를 수밖에 없는 것이 우리네 삶이다.

선택의 순간에 겪어야 하는 갈등은 숙명과도 같은 것이다. 그런 과정을 통해서 내린 결정이라면 그저 순응할 일이다. 다른 길을 걸었더라도 어김없이 그에 버금가는 후회를 했을 수도 있을 것이다. 아무리 만족한 길을 골랐다 할지라도, 그 길 위에서 일생 동안 일어날 수 있는 모든 '경우의 수'를 피할 수는 없기 때문이다.

괴테는 ≪파우스트≫에서 말했다. 인간은 노력하는 한, 길을 잃고 헤매기 마련이라고. 이는 인간의 삶이란 원초적으로 번민과 방황을 동반하는 것임을 알려 주고 있는 것이다. 기로에 서서 망설이거나, 가다가 부딪혀 피를 흘리고, 막다른 길에서 되돌아 나오기도 하고…. 그러면서도 우리는 기꺼이 길 위에 선다. 그것이 곧 살아 있음의 징표이기 때문이다.

삶은 대물림 속에

지난여름, 둘째 딸 산바라지를 했다. 환갑이 되어서야 첫 손주를 본 것이다. 매스컴에서는 연일 110년 만의 불볕더위라고 야단들이지만, 오히려 나는 예년의 여름보다 덜 힘들게 보냈다. 외부 일정을 거의 취소할 만큼 바빴는데도 그렇게 느껴지다니. 아마도 새 생명이 주는 청량한 기운이 바깥의 열기를 식혀 주었나 보다.

갓난아기를 키운 지, 근 30년이나 되었기에 기억이 아슴푸레하다. 세태도 많이 변했는데 잘 해낼 수 있을지 내심 걱정이 되었다. 그래서 딸과 함께 병원에서 시행하는 산모 교육에 참석하기도 하고, 미심쩍은 부분들은 여러 자료를 통해서 익혀 두었다. 예전과 달리 신생아도 대부분 종이 기저귀를 사용하는 추세이지만, 왠지 고 어린것에게 그러고 싶지가 않았다. 면 기저귀를 사 와서 여러 번 삶아 빤 후 고이 개켜놓았다. 집 안 대청소를 하고, 사람 손이 자주 닿는 곳은 알코올 소독까지 마쳤다.

그런데 딸아이가 출산하던 날부터 기이한 현상이 벌어졌다. 돌아가신 친정어머니께서 늘 나와 함께하는 것만 같았다. 분만실에서 산고를 겪고 있는 딸을 위로할 때나, 산모 국 끓일 미역을 손질할 적에도 살아 계신 것처럼 어른거렸다. 기저귀를 빨다가는 한참을 넋 놓고 앉아 있었다. 샛노란 똥 기저귀를 마치 귀한 물건이라도 되듯 반기며, 맨손으로 빨래하시던 모습이 선연하다. 어머니의 막내딸 사랑, 외손주 사랑이 다시금 온몸으로 전해졌다.

분만이 가까워질 즈음, 딸아이가 밀려드는 산통으로 가쁜 숨을 몰아쉬며 말을 건넨다.

"엄마 때는 무통 분만을 하지도 않았을 텐데, 어떻게 셋이나 낳으셨어요?"

"다들 그렇게 하는 줄 알았지."

문득 내가 태어났을 당시 상황을 들려준 큰언니 말씀이 아릿하게 스친다. 쉰둥이를 낳은 어머니 미역국을 큰언니가 끓여 주셨다니…. 일찍이 결혼한 언니는 꼬맹이 셋을 간신히 떼어 놓고, 종종걸음으로 먼 길을 다녀가셨단다. 그러니 어머니 몸조리는 어떠했겠는가. 갑자기 가슴이 조여든다. 곧 태어날 생명이 무한한 기쁨을 가져다 줄 것이라 짐작하면서도, 여자로서의 숙명을 힘겹게 견뎌 내고 있는 딸아이가 더욱 안쓰러워진다.

손녀를 안고 내려다보니 애 엄마의 이맘때 모습과 흡사하다. 튀어나온 이마며 까만 눈을 치켜 뜰 적의 이맛살까지. 엊그제 같은데, 세월이 이렇게 빨리 흘렀단 말인가! 순간 이동을 한 듯, 과거와 현재가 뒤섞여 있다. 아기를 달래거나 재우면서 나도 모르게 어머니가 하셨던 언행을 따라한다. 동물 소리를 흉내 내고, 책에도 나오지 않는 자장가를 기억해낸다. 아기를 토닥거리는 손 모양이나 위치도 닮아 있다. 아무리 바빠도 허둥대지 않고, 새뜻한 미소를 자주 지으시던 어머니! 비록 자식들에게 이렇다 할 재산을 물려주지는 못하셨지만, 그것과 비교조차 할 수 없는 소중한 유산을 남기셨다. 신산(辛酸)했던 삶을 묵새기며 '자긍심'을 빚어 놓고 가신 것이다. 나에게 미역국을 살뜰히 챙겨 먹이고, 산후풍을 염려하여 보온에 그토록 신경을 쓰시던 대로, 나도 어느새 딸에게 그러고 있다. 애기 배에 손을 얹고 "할머니 손은 약손, 서연이 배는 똥배."하며 둥글게 마사지를 해 주기도 한다.

늦둥이 막내딸 산바라지하시느라 얼마나 힘드셨을까. 더군다나 낯선 서울까지 오셔서 시장 보는 일도 벅찼으리라. 80이 가까운 연세에다 가녀린 몸매로도 힘든 내색 한 번 안 하시고, 한옥 문턱을 가볍게 넘어 다니시던 어머니. 그 시기에 비해 지금은 훨씬 편리해진 여건임에도 불구하고, 쉴 틈이 별로 없는 게 사실이다. 안마기에 기대어 뻐근한 어깨 근육을 풀면서 생각한다. 웬만한 건 손세탁을 고집하시던 어머니 어깨는 무사하셨을까. 가슴 먹먹하고 죄송스러운 일들이 돌아서면 하나씩 툭, 튀어나온다. 내 몸 추스르는 데 급급하여 끼니는 제때 챙겨 드셨는지, 마음 써 본 기억마저 없으니….

"엄마께 많이 배워 가요. 집에 가서 애기 잘 키워 볼게요."

백일이 지나 제 집으로 돌아가는 딸이 한 말이다. 삶은 대물림인 것 같다. 유전인자가 다음 세대로 전해져 모양새는 물론, 성격이나 말까지 닮는다는 과학적인 정의를 포함해서 말이다. 앞선 세대는 경험을 통해서 체득한 지혜와 유익한 지식을 다음 세대에게 넘겨주고 사라지는 것. 만나고 헤어짐의 연속이 인생일진대, 그것이 세대 간의 경우라면 윗대 책임은 한없이 커진다. 삶의 흔적이 고스란히 남아서 뒤따라오는 젊은이들에게 길잡이가 될 것이니.

나도 친정어머니처럼, 내 자식들에게 삶의 족적을 그윽한 향기로, 고운 결로 대물림할 수 있다면 회한이 남지 않으련만.

협곡에 서다

나이가 들어갈수록 점점 가까이하고 싶은 것이 있다. 자연이다. 자연과 벗하는 시간이 많아졌다는 것은 그만큼 삶에 여유가 생겼다는 의미도 된다. 가정과 일에서 얼마간 놓여난 것이 나에게 그런 혜택을 주었지만, 들여다보면 또 다른 까닭이 있다. 인생의 마루턱을 넘어서면서 제집 드나들 듯 찾아오는 감정들 때문이다. 초조함과 혼란스러움, 허망함이다. 이들이 번갈아 가며 괴롭힐 때, 나는 길을 나선다.

삼복더위에 중국 태항산 협곡 트레킹을 떠났다. 탈것 이용과 걷기 중에 결정을 해야 할 적에는 걷는 쪽을 택하기로 한다. 이번 여정에서 흘릴 땀만큼 내 마음도 가벼워질 것을 기대하면서 말이다. 중국의 산시성과 산둥성을 가르는 태항산맥은 황산과 장가계를 합쳐 놓은 비경을 지녔다고 알려져 있다. 남북 간 600km로 뻗어 있어서 한반도 길이와 맞먹는다. 태항산 협곡은 동양의 그랜드캐니언이라 불리기도 하며, 구련산과 천계산, 왕망령, 만선산, 팔로구, 통천협 등을 품고 있다. 내몽골 초원에서 발원한 물줄기가 이 협곡으로 흘러든다고 한다.

아홉 송이의 연꽃 모양인 구련산 입구에서 열 명씩 작은 전동차로 갈아타고 비좁은 길을 달린다. 높고 웅장한 절벽이 길 양쪽에 수직으로 서서 마주 보고 있다. 그 샛길을 지나가는 나는 마치 장난감 병정이 된 기분이다. 가이드는 십수억 년 전에 지각 변동으로 인해 바다와 육지가 뒤바뀌고, 하나였던 바위가 둘로 쪼개져서 지금과 같은 모양새가 되었다고 설명한다. 참으로 미미한 존재가 대자연의 품으로 기어들면서 푸근하기보다는 오히려 위압감을 받는다. 아마도 일종의 경외감 때문일 것이다. 협곡을 내려다보기 위해 단애(斷崖)에 설치된 통유리 승강기를 타고, 아파트 60층 높이를 오르는 동안 나는 선사 시대를 탈출하는 전사가 된 느낌이었다.

'백리화랑'으로도 일컫는 천계산은 계림과 비슷하게 생겼다. 산허리에 띠를 두르듯 걸려 있는 운봉화랑길에 들어섰다. 한 바퀴 돌면서 자연이 빚어 놓은 걸작들을 조망하는 시간이다. 경비행기에 앉아서 굽어보던 미국의 그랜드캐니언과 흡사하다. 다만 그곳은 여기와는 달리 초목이 거의 없는 적황색의 퇴적층들이었다. 물과 바람과 시간이 빚어낸 협곡의 파노라마 앞에 서서 나의 흔적을 더듬어 본다. 적잖게 흘려보낸 시간 동안 나는 과연 어떤 무늬로 남아 있는가. 눈비 내리고 바람 불면 이내 지워져 버리고 말 무늬는 아닐는지, 공연히 초조한 마음이 일어난다.

벼랑 위의 '비나리길'은 볼수록 불가사의하다. 고지대에 갇혀 살던

13명의 청년들이 외부와의 소통을 위해 지름길을 만든 것이다. 오로지 삽과 곡괭이로 1,250m의 긴 동굴 도로를 닦은 후, 바깥쪽 바위를 뚫어 햇빛이 들어오게 해 놓았다. 어쩌다가 그렇게 높은 곳에 터를 잡고 살게 되었는지는 모르나, 험준한 바윗길을 밧줄에 의지한 채 곡예하듯 오르내리다가 궁리해 낸 대책이라니, 절박함이 묻어난다.

그러나 전동차를 타고 '태항천로'라 불리는 25km의 환산선 도로를 일주할 때는 생각이 달랐다. 1,000m 낭떠러지에 가까스로 낸 도로는 허연 구렁이가 구불구불 기어가는 형상이다. 전동차는 보호 난간도 없는 길을 아무렇지도 않은 양 쌩쌩 달린다. 중국이 아니고서는 엄두도 못 낼 발상이라는 생각을 하면서, 나도 모르게 좌석 손잡이를 손아귀가 뼈근하도록 붙잡고 있다. 현기증을 느끼며 산 아래로 고개를 돌리자, 원주민 마을이 갑작스레 나타난다. 이 산에서 나오는 적판암으로 벽을 쌓고 지붕도 올렸다. 이들은 가파른 바위 참에 테라스와도 같은 밭을 일구면서 살아간다. 따개비처럼 바위에 붙은 너새집들은 뒤란마저 도로에 내주고, 거기서 날아오는 먼지와 소음을 고스란히 받아 내고 있다. 어느 날 갑자기 뚫린 길로 인해 고요하던 삶의 터전이 무너져 버린 것은 아닌지, 자꾸만 뒤를 돌아다보게 된다.

자연 속을 거닐면서 나 자신과 마주하는 시간은, 흩어져 있던 행복들을 불러 모으는 기회가 된다. 도화곡은 기나긴 세월 동안 유수의 침식으로 인하여, 홍암석이 씻겨 나가 만들어진 깊은 골짜기이다. 맑은 물이 흐르는 협곡에는 폭포와 아름다운 소(沼)가 어우러져, 거대한 진경산수화 한 폭을 걸어 놓은 것 같다. 암벽에 매달린 좁은 계단길을 지나고 징검다리도 건너면서 계곡을 거슬러 오르자니, 청아한 물소리가 나를 휘감는다. 얼룩진 귀와 마음이 말끔히 씻기는 느낌이다. 고개를 젖히자 하늘이 더 먼 곳에 있다. 내가 협곡 깊숙이 내려와 있기 때문이다. 협곡의 너비만큼만 허락된 하늘에 떠가던 구름 조각이 멧부리에 걸렸는지 꿈적도 않는다. 멀리 이곳까지 찾아들어 길을 묻고 있는 이방인을 그냥 지나칠 수 없었던 것인가. 인생이란 바로 이런 것이라고, 물 흐르는 대로, 물이 만들어 놓은 길을 따라 뚜벅뚜벅 걸어가는 것이라고 일러 주고 싶었던 걸까.

험난한 가시밭길만 있다면 어느 누가 길을 나서겠는가. 어디쯤엔가 꽃길 또한 반드시 있을 거라는 믿음이 있기에 발걸음을 내딛게 된다. 환상적이라는 말이 걸맞은, 그야말로 '꽃길'을 만난 것은 왕망령(王莽嶺)에서였다. 50여 개의 산봉우리가 화원을 보호하는 울타리같이 둘러쳐진 곳으로, 엷은 안개를 살포시 덮어쓰고 있다. 새색시처럼 수줍음에 떨고 있는 꽃들이 한없이 청초하고 사랑스럽다. 투박하던 내 발소리가 어느새 사붓사붓하다. 솔체꽃, 모싯대꽃, 자운영, 구름패랭이, 오이풀꽃…. 취나물 밭인가, 하얗게 흐드러진 참취꽃, 노란 미역취꽃이 지천이다. 굵고 긴 대궁을 따라 샛노랗게 피어난 곰취꽃이 산중의 왕이라도 되는 듯, 건들거리며 다른 꽃들을 굽어보고 있다.

뭐니 뭐니 해도 발걸음을 오래 붙잡은 것은 절굿대꽃이다. 잎은 엉겅퀴와 비슷하지만 활짝 핀 꽃은 남자색(藍紫色)으로, 꼬마 별들이 구(球)를 이룬 모습이다. 일행을 놓쳐서 가슴이 철렁 내려앉기를 여러 번. 무리지어 유혹하는 절굿대꽃에 넋을 빼앗기고, 천상의 화원을 가렸다가 열어 주기를 반복하는 안개에 갇히고…. 무언가에 홀린 양, 나를 알아차리지 못하고 살아온 날들이 많았다. 지난날을 돌아보며 그런 나를 몹시 못마땅하게 여겼으나, 이곳과 같은 몽환의 세계에 홀려 들 수 있다면 나는 기꺼이 그럴 것이다.

과연 내 인생의 꽃길은 언제였을까. 그런 길이 있기나 했을까? 안개가 재바르게 협곡 아래로 몰려가면서 드넓은 화원을 온전히 내게 맡긴다. 이것이 현실이라고, 지금 너는 꽃길을 걷는 중이라고 알려 주려던 몸짓이었나? 어릴 적, 이슬 젖은 길섶 풀들을 걷어차며 새벽 길을 걸었을 때보다도 더욱 충만한 가슴이다.

미안, 미안해요

산다는 것은
어찌 보면 미안함의 연속인지도 모른다.
받은 만큼 못 돌려줘서 미안하고,
알게 모르게 상처를 남겨서 미안하고….
사람이든 동물이든 진심이 전해지면
미더워지고 사랑하게 되는 것이리라.
......
언니가 힘들거나 아플 때,
가슴이 철렁 내려앉는 것 같은 막막함은,
언니의 사랑이
내 안에서 무성하게 자라고 있다는 징표이리라.
- 본문 중에서

낙엽비 속에 너의 모습이

수락산 정상에 올라 팔부능선을 굽어보니, 보드랍고 촘촘한 카펫을 넓게 펼쳐 놓은 것 같다. 뒹굴면 참 포근하겠다는 생각이 스친다. 따스한 황갈색의 그 느낌을 뒤로 남기고 하산 길에 접어들었다. 일명 '깔딱고개'라고 부르는 등산로를 택했다. 가파르긴 하지만 계곡이 길어서 물소리를 한참 동안 들을 수 있고, 키 큰 나무들이 드리워 주는 그늘 속을 걷는 것이 좋아서이다. 그런데 벌써 가을이 저만큼 가고 있는지, 발밑에 쌓이는 낙엽 두께가 제법 두툼하다.

"두두두두—"

중턱쯤 내려왔을 때, 갑자기 찬 기운 가득 실은 한 줄기 바람이 불더니, 나뭇잎이 맥없이 떨어지며 둔탁한 소리를 낸다. 어제 종일 비가 내리더니 머금은 빗물이 무거웠나 보다. 바람이 더 세어지면서 색색의 나뭇잎이 나를 에워싸는 듯 울타리를 만들며 마구마구 떨어진다. 순간, 내가 별세계에 온 것 같아 어리둥절하다. 이것이 무엇인가. 눈을 감은 채 장승처럼 버텨 서서 그 소리를 듣는다. 여름 한낮에 갑자기 먹구름 한 떼가 몰려온 후, 후드득 떨어지는 빗방울 소리 같다. 온몸이 비에 젖어드는 것처럼 한기가 몰려온다. 낙엽이 모자에 닿는 느낌이 점점 더 강해진다. 우박이 머리 위에 쏟아지는 양, 부딪치는 촉감이 둔중하다. 바람이 좀 잠잠해지는 성싶어 가만히 눈을 뜨고 고개를 들어 보니, 노랑 빨강 주황의 낙엽비가 힘없이 내리고 있다. 떨어지는 나뭇잎이, 날다가 지쳐서 내려앉는 나비 같아 보인다.

꿈을 꾼 것 같은 시간이 지나자, 별안간 가슴 한구석이 허허로워 온다. 나무가 서서히 맨살을 드러내고 있는 모습이 시야에 들어온 것이다. 고개를 한껏 뒤로 젖혀야만 우듬지가 보이는 나무가, 자기 몸을 감싸고 있던 나뭇잎을 떨구어 내는 거대한 몸부림이었구나, 이 광란의 한 순간은. 얼마나 힘들었을까 하는 생각에 느닷없이 눈시울이 화끈거린다. 저려오는 마음을 진정시킬 수가 없다.

문득, 친구의 퀭하니 큰 눈과 핼쑥한 얼굴이 떠오른다. 아, 바로 그거였구나. 진작부터 내 마음속엔 아픈 벗이 함께 있었던 모양이다. 나는 바로 친구에게 문자 메시지를 보냈다. 나무가 잎을 떨구는 아픔을 마다하지 않는 이유를 생각해 보자고. 정이 많고 생각이 깊어, 내가 주로 의지해 온 소중한 벗이 지금 몹시 힘들어하고 있다. 성실하고 반듯하게 살아온 벗이 배우자로부터 당한 배신감의 크기는 상상을 초월하는 것이었다. 일의 경위를 알리는 벗의 끊어질 듯한 목소리를 처음 들었을 때, 난 현기증을 느끼며 말문이 막혔다. 주변의 어색한 시선을 감당하느라 휘청거릴 벗이 가여워서 울고, 가족을 아끼고 사랑한 대가를 이런 식으로 받아야 한다는 사실이 억울해서 분노했다. 돌이킬 수 없는 큰 상처를 어떤 약으로 덧나지 않게 아물릴 수 있을지 막막했다. 밤중에 잠이 깨어서는 그 친구 생각에 그대로 아침을 맞는 날이 많아졌다. 내가 이렇게 아플진대 내 벗은 얼마나 힘들까 싶어, 그 배우자에 대한 원망이 저절로 터져 나왔다.

지난 몇 개월을 회상하며 터벅터벅 걷고 있는데 친구에게서 전화가 왔다.

"나뭇잎 떨궈 내고 생가지 하나 잘라 냈어."

나뭇잎 운운하던 내가 갑자기 미안해져 몸 둘 바를 몰랐다. 얼마나 고통스러웠으면 그렇게까지 해야만 했는지. 어린 시절 겨울철에 과수원 사잇길을 걸으며 의아스럽게 생각했던 기억 하나가 떠오른다. 가뜩이나 앙상한 나뭇가지를 설상가상으로 쑥뚝쑥뚝 자르는 과수원 아저씨들을 그때는 이해하지 못했다. 인생의 반려자로 긴 세월을 함께하면서 공유한 기억들이 얼마나 많을까. 잊어야 할 일들이 논밭의 잡초라면 불볕더위도 아랑곳하지 않고 뽑아낼 수 있으련만. 애증이 점철된 삶을 견뎌 내야 할 벗의 짐이 한없이 무겁게 느껴진다.

그대로 산을 내려가고 싶지 않아 산기슭에 있는 '명상의 숲'을 찾았다. 갓 떨어진 떡갈잎들이 고개를 쫑긋쫑긋 쳐든 채 참새 모양을 하고 앉아 있다. 평상(平床)의 낙엽들을 방석 삼아 깔고 앉아서 친구를 생각해 본다. 꿈에도 못 잊을 친구다. 누구보다 열심히, 그리고 선하게만 살아온 친구에게 이런 시련이 닥칠 줄 누가 짐작이나 했을까. 어렵게 성장해 왔지만 뜻을 펼치며 잘 살고 있어, 이젠 고생이 끝

났는가 싶어 마음이 놓였었는데…. 지난여름, 배신의 아픔을 알리며 숨쉬기조차 힘들어했던 모습을 떠올리면 지금도 가슴이 답답하다.

원래 강한 사람일수록 접어 두었던 이면의 여림을 펼쳐들면, 좌절의 늪에서 헤어나기가 힘든 법이라 내심 염려스러웠다. 하지만 친구는 역시 내가 존경할 만큼 홀로서기를 잘하고 있는 것 같다. 언제나 현명한 판단을 할 줄 아는 친구가 고맙고 대견스럽다. 언젠가 내게 말했었지. 그 사람을 머리로는 용서를 했는데, 가슴으로는 도저히 안 된다고. 하지만 그 악몽은 어쩔 수 없는 운명이고, 그 아픔을 치유하는 데는 시간이 제일 좋은 약이라는 너무나도 흔한 말, 이 한 마디만 전할 수 있는 나 자신이 못마땅해서 우울하다.

월동식물(越冬植物)은 몸을 곧추 세우고 키를 키워 가다가, 추위가 다가오면 어느 순간 땅에 납작 엎드린다. 겨울을 날 준비 자세이다. 언 땅일지언정 그래도 어머니 같은 땅에 몸을 푹 기대고, 햇살을 최대한 많이 받으며 혹한을 이겨 내려는 지혜인 것이다.

힘든 걸 혼자 감당해 가려는 친구에게 사랑의 메시지를 다시 눌러 본다. 지금, 이 낙엽 위에서.

염천(炎天)에 너를 보내고

여름휴가 중에 친구의 부고를 받았다. 말기 암 투병을 하고 있던 그녀가 소생할 가능성이 희박하다는 것을 알고는 있었지만, 망망대해에 노(櫓) 하나 없이 너를 떠나보낸 것 같아 망연하다. 생각의 끈이 끊어진 듯 머릿속이 하얘졌다. 그러다가 맨 먼저 떠오른 것은, 네가 사경을 헤매고 있는 동안 나는 휴가 계획을 세우고 있었다는 무거운 자책감이다.

친구를 마지막으로 본 것은 얼마 전 그녀 생일 때였다. 내년을 기약할 수 없었기에 다른 일을 취소하고 찾아갔던 그날, 친구는 이미 힘든 고비를 맞이하고 있었다. 정신이 혼미한 가운데서도 꺼져 가는 목소리로 내 이름을 불렀었지. 불안한 마음에 서둘러 결혼시켰던 한 점 혈육, 아들 내외가 와 있는데도 어찌 그리 눈을 떠 볼 용기조차 못 내고 있던지. 며느리가 생일 미역국을 끓여 왔지만 의미 없는 음식이 되고 말았다.

스러져 가는 친구 얼굴을 안타깝게 바라보고 있는데, 머리맡에 덩그러니 걸려 있던 핸드백이 불쑥, 시선을 사로잡았다. 감각 있는 옷차림에 저 핸드백을 메고 활기차게 걸어 다니던 그녀의 모습이, 어제 본 것같이 선했다. 가방은 머지않아 주인을 잃게 될 사실에 두려움을 느끼는지 엉거주춤, 겁에 질린 형상이었다. 저 가방 속에 야무진 삶을 쑤셔 넣고 얼마나 열심히 살았더냐.

53세의 나이에 영정으로 우리를 맞이하는 네 모습은 너무 젊고 예뻐서 도저히 어울리지 않았다. 오열하는 가족 친지들, 청천벽력 같은 네 소식을 듣고 멀리서 단걸음에 달려온 친구들의 아픈 울음을 어찌다 감당하였느냐. 언젠가 네가 했던 말이 생각난다.

"70까지만 살게 해 달라고 기도하고 싶은데, 내 욕심이 너무 크지?"

"9월에 태어날 손주를 보고 갔으면 하는데…."

몇 개월 시차를 두고 한 말이다. 분명히 친구는 간절한 기도를 올렸을 텐데, 만약 신이 있다면 너무 야속하다고 아니할 수가 없다. 달포만 참으면 꿈에도 그리던 손주를 안아 보았겠건만….

너를 땅에 묻던 날, 그늘도 없는 그곳에서 불길 같은 햇살을 어떻게 견뎌 낼 것인지 몹시도 가슴이 아렸다. 철원 목련공원 위 염천에는 까마귀 네 마리가 너의 넋인 양 한참 동안 배회하고 있었다. 깊은 산속에 너를 홀로 두고 떠나오는 길이 얼마나 멀고 힘이 들던지. 돌아오는 내내 나는 이건 아니라고, 아니라고 고개를 저어댔다. 추모기도를 올리던 분은 친구가 신의 곁으로 가게 되었음을 축하하자고 했지만, 이게 어디 축하할 일인가. 물론 유족의 마음을 위로하려는 의도였겠으나 줄곧, 그러는 것은 아니라는 생각뿐이었다. 팍팍한 인생길에서 이제야 한숨 돌리며 '나'를 찾아가는 여유를 가져 볼 수 있는 나이가 되었는데.

두보가 말했던가. 살아 이별도 슬프기 그지없지만, 죽어 이별은 소리조차 나오지 않는다고. 사랑하면서도 헤어져야 하는 운명 앞에서 사람들이 흘린 눈물이 바다와 같다 할지라도, 그것은 행복한 눈물임에 틀림없다. 사랑하든 미워하든 같은 하늘 아래에서 숨을 쉬고 있다고 생각하면 그래도 다행이다 싶어진다. 그 사람 나름대로 행복을 찾아서 살아갈 거라고 믿기 때문이다. 그러나 사별은 요개부득이다. 절벽과 같아서 발을 디딜 여지가 없다. 희망을 품을 수 있는 게 아무것도 없다. 이 땅 위에서 다시 만나지 못할 것이니 말문이 막혀 버린다. 너를 보내고 돌아온 날, 현실을 인정하는 것이 너무 고통스러워 오지 않는 잠을 청하고 또 청했다. 잠깐씩 깨어나면 흐르는 눈물을 닦기가 귀찮아서 또다시 잠을 잤다. 20여 시간을 자고 일어나니 정말로 그녀가 떠난 것 같았다.

긴 소나기가 한여름의 열기를 훑어 내리고 난 뒤, 황혼을 밟으며 무거운 발걸음으로 산을 찾았다. 너럭바위에 퍼질러 앉아 이곳에서 친구와 자주 통화하던 때를 생각한다.

"몸은 좀 어떠니? 오늘은 운동했어? 힘들더라도 열심히 운동해, 알았지?"

"응, 운동했어. 밥도 잘 먹어. 넌 꼭 건강할 때 건강 지켜야 해, 알았지?"

저만큼 앞쪽이 아파트와 빌딩 숲일 텐데 가득 고인 안개 때문에 산 아래가 온통 운해다. 골골이 피어오르는 물안개는 이집 저집 굴뚝에서 매캐한 냄새를 풍기며 솟아오르던 연기로 보인다. 그것도 잠시, 안개 무리는 정신을 잃은 듯 붙박이가 되어 서 있고, 청회색 빛으로 아득하게 둘러쳐진 산세는 그녀를 묻고 내려오는 길에 뒤돌아보던 골짜기 같다.

　웃을 때, 가지런한 치아에 살짝 보이던 복사꽃 빛 잇몸이 유난히 예뻤던 너. 콧등에 잔주름 몇 개 그으며 미소 짓던 모습은 싸리꽃 같았다. 늘 생기 있고 걸림 없이 서분서분하던 성격이 주변 사람들을 편안하게 만들었지. 병이 깊어 가면서 신세한탄이 나올 법했는데도 그녀는 그러지 않았다. 자기가 먼저 떠나면 신랑이 불쌍해서 어쩌냐고, 되레 남편을 걱정하던 착한 친구였다. 이런 슬픔 중에서도 한 가지 위안이 있다면, 그래도 네가 살아생전에 남편으로부터 너 하나밖에 모르는 옹근 사랑을 받았다는 거다.

　이제는 부디 아픔 없는 곳에서, 모든 집착 내려놓고 평안하기를 두 손 모아 기도한다. 친구야!

미안, 미안해요

시댁 동서들끼리 여행 계를 들어 놓은 덕분에 제주도 여행길이 열렸다. 4일간 시간을 내야 하는데, 가장 난감한 분은 셋째 형님이다. 가게 문도 닫아야 하고, 무엇보다 심한 멀미가 문제였다. 그래서 좀처럼 집을 비우지 못하는 분이 동행을 하게 되었으니 기쁨은 배가되었다.

돌아오는 길에 들른 그 형님 댁에서 우리 일행은 놀라운 일을 목격했다. 진돗개 얘기이다. 여행을 떠날 때 그릇 가득 담아 주고 간 사료와 물이 그대로였고, 대소변을 본 흔적 하나 없이 깔끔하다. 형님이 "워매매~ 어쩐 일이다냐!"며 쓰다듬자, 그제야 꼬리를 흔들며 음식을 먹기 시작하는 것이 아닌가. 순간, 개가 짐승이 아닌 것 같아 가슴이 서늘해지기까지 했다.

그 후 며칠 동안 즐거웠던 여행 일정보다 더 강하게 뇌리를 감돈 것은, 앙상해진 몸을 움직이며 주인을 바라보던 진돗개의 선한 눈빛이다. 어쩜 그렇게도 순하고 잘 생긴 눈을 가질 수 있을까. 백구 힌 마리! 형님네 개는 나로 하여금, 예전에 우리 집에 살았던 복둥이가 환생한 것 같은 착각 속으로 밀어 넣고 있었다. 그런데 나는 이내 형틀이 목을 죄어 오는 듯한 갑갑함에 휩싸이고 말았다.

27년 전쯤, 노량진 본동의 한옥에서 진돗개 한 마리를 길렀다. 족보도 있는 녀석으로 큰댁에서 주신 개였다. 사실 나는 개를 좋아하는 편은 아니었지만, 아침마다 그 녀석과 눈 마주치는 기쁨이 컸던 것으로 기억된다. 그러나 때로는 귀찮은 존재이기도 했다. 살림 솜씨도 서툰 데다 아이 둘을 돌보는 일이 퍽이나 벅찼던 시절이다. 그래서 복둥이를 살갑게 보살피기보다 데면데면 대할 때가 더 많았다. 지금 생각해 보니 그날의 사고는 줄곧 묵직한 응어리로 나에게 남아 있던 모양이다. 녀석은 인기척이 없는데도 담장 밖을 향해 목을 빼들고, 컹컹 짖어대며 나가지 못해 안달이었다. 야단 통에 간신히 재워 둔 아이들이 깨어나서 울자, 집안일을 못하게 된 나는 복둥이를 앞에 앉혀 놓고 한참이나 잡도리를 했다.

커다란 눈망울을 껌뻑이며 제 집에 쏙 들어가 궁싯대던 복둥이가, 누가 열어 놓았는지 열린 대문으로 바람같이 빠져나갔다. 칭얼거리는 아이들을 방에 가둬 놓고 줄달음질치며 불렀지만, 녀석은 뒤도 돌아보지 않고 시야에서 멀어졌다. 얼마 뒤 들려온 소문은 참담했다. 한강대교로 들어서는 건널목을 건너다가 시내버스에 치이고 말았다는 것이다. 지인들은 수캐인 녀석이 발정 나서 집을 나간 거라고 위로했어도, 그 끔찍한 악몽은 오랫동안 나를 괴롭혔다. 세월이 흐른 지금에서야, 나를 그토록 힘들게 했던 것은 다름 아닌, '미안함'이었다는 사실을 깨닫게 된다. 사랑스런 자식 대하듯, 따스한 눈길로 백구를 어루만져 주시던 셋째 형님을 보고서 말이다.

　그렇다, 지난일은 보이지 않을 뿐 사라지지는 않는 법인가 보다. 마음에 큰 빚을 지고 있다면 더욱 그러한 것 같다. 미안하다는 말을 해서 빚이 탕감된다면 누군들 입버릇처럼 하면서 살지 않겠는가. 별안간 나보다 일곱 살 많은 언니가 떠오른다. 언니에게 갖는 미안함은, 막내인 줄 알았던 언니가 터울 진 나를 맞이하고 겪은 수난사인 셈이다. 초등학교 저학년 때 나는 참으로 무람없었다. 언니는 아침마다 긴 머리를 양 갈래로 땋아 주었는데, 내 괴팍한 성정 때문에 눈물바람을 자주 해야만 했다. 이마 위부터 정수리를 지나 뒷덜미까지 내려가는 가르마가 비뚤어졌음을 용케도 짐작을 하고, 똑바로 타질 때까지 까탈을 부렸다. 언니랑 실랑이가 벌어질 적마다, "애 머리 하나 곱게 못 빗어 주냐!"는 아버지의 불호령이 떨어졌다. 이런 내가 얼마나 미웠을까만, 언니는 눈물을 훔치면서도 끝까지 내 요구를 받아 주었다. 덕분에 나는 탱탱한 갈래머리를 등 뒤로 탈랑거리며 십 리 길을 걸어 등하교를 할 수 있었다.

　돌이켜 보면, 그 무렵 언니는 엄마 역할을 톡톡히 해 주었다. 바쁘고 연세 많으신 엄마 대신 옷도 만들어 입히고, 공부 시키다가 투정을 부리면 숨겨 둔 곶감까지도 꺼내 주었다. 초록색 바지가 생각난다. 손수 만들어서 입혀 놓고는, 나를 이리저리 돌려 보며 뿌듯해하는 언니에게 안 입겠다고 생떼를 썼다. 사내아이 옷처럼 옆트임 주머니를 달아 놓았다는 이유에서다. 실망하던 언니의 눈빛이 지금도 암

암하다. 그래도 언니가 알록달록한 나일론 실로 뜨개질해 준 도시락 주머니는 자랑스럽게 들고 다녔었지. 아침밥이 먹기 싫어서 책보를 살그머니 당겨 들고 줄행랑을 칠 때, 가장 먼저 알아차리고 애타게 쫓아온 사람도 바로 언니이다. 동전 한 닢을 손에 쥐어 주고선, 과자라도 사먹으라며 말라깽이 나를 염려했었다.

언니가 일찍이 시집을 가고 나도 좀 철이 들자, 언니에게 진 빚더미가 감당키 어려울 만큼 커 보였다. 그 즈음 어느 책에서 읽었던 간디의 말은 적잖게 위안이 되었다. '후회를 최대한 이용하라. 깊이 후회한다는 것은 새로운 삶을 사는 것이다.'

그래서 나도 모르게 이런 다짐을 새기게 되었다.

'앞으로 살아가면서 행여 언니가 내게 서운하게 하더라도 100% 면죄부를 줄 것이다.'

하지만 아직까지 그 면죄부를 한 번도 써먹어 본 적이 없으니 이 일을 어쩌면 좋으랴! 형부까지 가세하여 맏딸인 양, 때로는 숨겨 둔 자식인 양 아가페적인 사랑을 주고 계시니, 전생에 우리는 모녀지간이 아니었을까 하는 생각이 들기도 한다.

산다는 것은 어찌 보면 미안함의 연속인지도 모른다. 받은 만큼 못 돌려줘서 미안하고, 알게 모르게 상처를 남겨서 미안하고…. 사람이든 동물이든 진심이 전해지면 미더워지고 사랑하게 되는 것이리라. 만약 복둥이에게 진정 어린 나의 마음이 전해졌다면 내 곁을 그렇게 황망히 떠나가지는 않았을 테지. 언니가 힘들거나 아플 때, 가슴이 철렁 내려앉는 것 같은 막막함은, 언니의 사랑이 내 안에서 무성하게 자라고 있다는 징표이리라.

오늘도 마음에 쌓인 빚을 조금씩이라도 덜어낼 수 있는 삶이 되길 간절히 기대해 본다.

앙가라 강가에서

우리나라에서는 삼복더위가 단내를 내뿜게 하는 계절이지만, 여기는 시베리아답게 샐녘 공기가 제법 쌀쌀하다. 어젯밤, 어둠 속에 찾아든 숙소라서 주변 환경이 궁금했다. 눈을 뜨자마자 창문을 활짝 열어 젖혔더니 숲 내음 잠뿍 실은 바람이 나를 반기듯이 품안으로 달려든다.

러시아 전통식 통나무 호텔인 '욜로츠카'는 우리의 통나무 펜션 같다. 앙가라 강변의 전나무, 잣나무 숲속에 은자(隱者)처럼 들어앉은 통나무집에서 맞이하는 아침은 환희로움의 연속이다. 치유의 공간 같은 이런 집에서 살아 보기를 소망하던 나에게 이것은 뜻밖의 선물이다. 나무 향을 이불 삼아 단잠을 자고, 코를 자극하는 그 향에 미소 지으며 스르르 몸을 일으킨 것이다.

아직은 잠에서 덜 깨어난 듯한 숲길을 사박사박 걸어서 강섶에 섰다. 강 역시 백야를 치르느라 잠이 부족한 탓인지 뽀얀 물안개를 걷어 낼 기색이 없다. 제 몸을 보여 주기 싫어서 안개 자락을 휘휘 감고 있나 싶더니, 멀리서 온 객을 차마 외면할 수 없었는지 소리도 없이 뒤척인다. 그 순간 나는 문득 울울한 숲에 싸인 강물과 함께 머나먼 곳으로 유람하고 싶다는 생각이 든다. 정지해 있는 듯, 쉬지 않고 흘러가는 저 여유로움은 어디서 나온 것일까. 어느새 안개를 보듬은 햇살이 물 위에서 은빛으로 반짝인다. 저 멀리 강 상류 쪽에는 검은 배 세 척이 바다의 고기잡이 배인 양, 아득히 떠 있다.

336개의 강이 바이칼 호수로 흘러들지만, 호수 밖으로 흘러가는 것은 유일하게 앙가라강 하나뿐이라고 한다. 앙가라는 나중에 예니 세이강과 만나서 북극해로 합류되는 1,779km의 긴 강이다. 시베리 아의 파리라고 일컫는 이르쿠츠크시를 휘돌고, 중앙 시베리아 평원 을 가로질러 북쪽으로 흘러가는 강, 앙가라에 이토록 애착이 가는 이유는 뭘까. 여기에 얽힌 전설이 마음속에 애잔히 남아 있는 것을 발견한다. 먼 옛날에 바이칼 아버지에게는 336명의 아들과 외동딸 앙가라가 있었다. 끔찍이 아끼던 딸, 앙가라가 자신이 점찍어 둔 배 필이 아닌, 예니세이라는 청년을 사랑하게 되자 아버지는 딸을 감시 하였다. 앙가라는 바이칼 아버지의 눈을 피해서 도망가려다 들키게 되고, 결국 아버지가 던진 큰 바위에 맞아 그만 죽고 만다. 그 바위가 바로 이 강 가운데 솟아 있는 샤먼 바위이다.

겨울에는 스키장으로 사용되지만, 지금은 야생화가 지천으로 피어 있는 언덕배기를 리프트로 올라가니 체르스키 전망대가 나왔다. 바 람 찬 절벽에서 바이칼 호수를 조망하고 내려와 앙가라 강변 식당에 서 점심 같은 저녁 식사를 하게 되었다. 시간은 저녁 무렵이나 해는 아직 중천에 떠 있는 백야의 나라이기 때문이다. 러시아 전통 음식인 샤슬릭이라는 꼬치구이를 와인 안주로 먹는 풍경은 매우 이색적이었다. 식사 후에는 러시아식 사우나, '반야'를 체험하는 일정이 남아 있었다. 남성 일행들이 먼저 하기로 해서, 여성들은 삼삼오오 짝을 지어 물가 벤치에서 차를 마셨다. 흐르는 강물에 저마다의 상념들을 실어 보내는지 말이 없다. 한강 정도의 강폭으로 유속이 제법 빠르다. 그래서일까, 겨울철 혹한에도 얼지 않는다고 한다. 혹시 얼지도 쉬지도 않고 흘러가야 하는 이유가 사모하는 예니세이를 만나야 하는 일념, 그것 때문은 아닐까. 아직도 전설 속을 헤매고 있는 자신이 재미있어 나도 모르게 웃음이 나왔다.

이때, 우리의 여유로움이 단번에 깨져 버리는 사건이 일어났다. 우당탕탕탕, 와악왁. 사우나를 즐기던 남성분들이 몸을 식히려 앙가라강으로 뛰어든 것이다. 이 나라의 풍습이기는 하지만, 갑작스런 이벤트는 고요하던 앙가라강을 깜짝 놀라게 하기에 충분했다. 우리 차례가 되어서 숲속 길을 걸어 그 반야로 몰려갔다. 자작나무 찜질방이다. 자작나무로 불을 지펴 데운 물이 드럼통 가득 담겨 있다. 주변에는 달궈진 조약돌이 깔려 있어서, 뜨거운 물을 부으니 지지직, 증기 열이 대단하다. 자작나무 가지로 몸을 쓸어내리며 마사지하는 모습도 보인다.

노을빛으로 물들기 시작하는 앙가라강을 더 오래 보고 싶어, 최 선생님과 나는 족욕만 하고 나오기로 했다. 우리는 반야 앞 통나무 테이블에서 따끈한 차를 마시며 강과 마주 앉았다. 불어오는 물바람을 마음껏 호흡하다가 약속이라도 한 듯, '아름답다'를 신음처럼 토해 낸다. 어느 사이에 숨을 죽인 채 절경 속으로 빠져들었다. 저녁 햇발이 반가워서 어쩔 줄 몰라 하는 것 같은, 강 건너편 원시림을 발견한 것이다. 황홀경이다.

바쁜 여행 일정이었다면 놓치고 말았을, 보기 드문 정경이다. 강변을 울타리처럼 보호하고 있던 빽빽한 숲이, 맑은 강물에 길게 투영된 모습은 경이롭기까지 하다. 강둑을 경계로 키가 큰 숲이, 그 다음에는 석양빛으로 물든 하늘이 대칭을 이루었다. 해가 등 뒤쪽 산 너머로 서서히 지고 있을 때이다. 인공의 흔적은 아무 데도 없는, 시야 끝까지 뻗어 있는 녹색 밀림 윗부분은 햇살이 비치는 각도에 따라 황금색의 띠 너비가 달라진다. 마치 넓은 들판에 샛노란 들국화 길을 만들어 놓은 것 같다. 해가 구름에라도 가리게 되면 또 다른 색깔의 향연을 펼친다. 서너 뼘은 돼 보이던 황금빛 띠가, 시간이 지남에 따라 나무 위쪽을 향해 좁아지더니 종내는 자취를 감추고, 이제는 온통 암녹색 숲으로 변하고 말았다.

한결 투명해지는 시간이다. 밤톨만 한 크기에서 성장을 멈추었던 내 영혼이 밤송이 하나만큼은 커진 것 같다. 온몸의 감각 기관이 일제히 열려서 희열을 느끼고, 몸속의 노폐물을 말끔히 정화시켜 줄 것만 같은 강바람을 주저 없이 받아들인다. 나는 자연의 일부가 되어 격식도 애증도 모두 내려놓고, 자유롭게 자연 속을 유영하고 있다. 앙가라 강가에서.

안동식혜를 먹으며

지난 두어 달 동안 나는 모처럼 따뜻한 기운에 감싸인 채 벙글거리는 일이 잦았다. 남들이 들으면 어이없어 할 것 같고, 나도 이해가 잘 되지는 않지만 그래도 어쩌랴. 감미로운 바람을 만난 듯 심호흡이 절로 나오고 어느새 입가에는 미소가 얹혀 있는 것을.

이토록 내가 즐거울 수 있었던 것은 음식 하나 때문이다. 바로 안동식혜 말이다. 이 음식은 식혜라고 부르기는 하지만, 흔히 말하는 식혜와는 만드는 방법이나 재료가 매우 다르다. 감주라고도 하는 일반 식혜는 고두밥을 엿기름물로 당화해서 밥알이 동동 떠오르면 팔팔 끓여서 완성한다. 그러나 안동식혜는 당화 과정은 같지만 끓이지 않고 무와 생강즙, 고춧가루 거른 물을 섞어서 만든다. 상온에서 3, 4일 발효시켜서 겨울철에 즐겨 먹던 기호식품이다. 매움하면서도 시원한 맛, 사각사각 씹히는 무와 입안에서 주저앉는 식혜 밥알은 중독성이 있을 정도로 감칠맛이 있다. 이런 기막힌 맛에도 불구하고 처음 보는 사람들은 선뜻 손이 가지 않는 음식이기도 하다. 나박김치에 웬 밥을 섞었느냐고 모양새에 시큰둥해하지만, 몇 번 먹어 본 사람들은 얼큰하면서도 청량감이 맴도는 그 맛에 매료되고 만다. 유산균이 살아 있어 건강식품으로도 그만이다.

비록 고향을 떠나 서울에서 살고 있지만, 고맙게도 1년에 한 번은 그 맛을 볼 수가 있었다. 설날 큰댁에 가면 친정이 동향인 큰형님께서 커다란 들통에 한가득 담가 놓으신다. 이제 시댁 식구들도 입맛이 길들여져 하얀 식혜보다 더 좋아한다. 과식을 해도 이것 한 그릇이면 시원하게 소화가 되니, 그 마력을 알아서일 게다. 내가 큰댁에 가서 유일하게 욕심 부려 챙겨 오는 것도 안동식혜이다. 큰형님은 그런 나를 알고 으레 듬뿍 나누어 주신다. 그러면 나는 또 고향을 통째로 들고 행복에 젖어 돌아오곤 한다.

이렇게 좋은 음식이어도 만드는 절차가 꽤나 복잡해서 숙련된 기술이 필요하다. 엿기름의 농도와 삭힐 때의 온도가 중요하다. 그런데 그게 쉽지가 않아서, 나는 두 번이나 실패한 경험이 있다. 한 번은 온도를 너무 높였는지 숨만 죽어야 할 무가 푹 익어 버렸다. 또 한 번은 엿기름 농도가 너무 엷었는지 밥알이 삭지 않아 미끈거려서 먹지 못했다. 설명을 듣고 시키는 대로 했는데도 성공하지 못하여, 이제는 다시 시도해 볼 엄두도 못 내고 있다.

이렇게 까다로운 식혜를 원 없이 먹을 수 있는 기회가 생겼다. 죽마고우인 H 생일날 방문했는데, 친정 언니가 보내 주신 거라며 식혜를 내놓는 것이 아닌가. 입안이 얼얼할 정도로 맵기는 했지만, 제대로 된 안동식혜 맛이다. 맛나게 먹는 내 모습이 보기 좋았던지 그 친구, 마침 임자 만났다면서 큰 통째 내게 안긴다. 너무 매워서 먹지도 어쩌지도 못하고 있었던 참이라나. 무거워서 이쪽저쪽 바꿔 들며 가져와 식구들에게 내놓으니, 한 숟갈 먹어 보고는 다들 호호 매워서 어쩔 줄을 모른다.

평소에는 애써 차려 놓은 음식을 잘 먹어 주지 않으면 서운했으나, 이번만큼은 상황이 다르다. 속으로 쾌재를 부른다. 하루 일과를 끝내고 나면 빙그레 입이 벌어진다. 식혜 한 사발을 여유롭게 먹을 수 있는 시간이기 때문이다. 덜 매우라고 사과, 배, 땅콩을 듬뿍 넣어 주고는 물끄러미 쳐다보고 있는 남편, 그 매운 걸 잘도 먹는다며 무척 재미있어 한다. 요즘 젊은이들이 혹여 이런 기분 때문에 아찔한 번지 점프 같은 걸 하는 것은 아닐까. 매운맛에 오늘 하루 쌓인 스트레스를 다 날려 보냈는지, 확인하는 친구 목소리에 장난기가 잔뜩 실려 있다.

어린 시절 겨울철에, 특히 설에는 어김없이 이 음식을 만들었었지. 제법 큰 항아리에 담아서 고향집 부엌 한 구석에 놓아두었다. 긴긴 겨울밤에 식구들이 둘러앉아 얼음이 살짝 낀 식혜를 먹느라, 몸은 덜덜 떨면서도 입안은 화끈거려 후후 하며 먹었지. 그러나 나는 내키지 않아 물만 몇 번 떠먹고 남겼다. 그러면 아버지께서 꺼칠한 수염에 식혜 물을 묻히시면서 다 드시곤 했었다. 나는 그저 맵기만 한 걸 뭐가 그리 맛있다고 크크 소리까지 내며 드시는지 의아스러웠다. 어릴 때는 매워서 별로 좋아하지 않았는데, 싫어하면서도 속정이 들었는지 이제는 무척이나 친근한 음식이 되었다.

식혜를 다 먹어갈 즈음, 친구가 막무가내로 자기 집에 오란다. 이런, 내 생일상을 차려 놓은 것이다. 내가 좋아하는 쑥버무리, 풋고추찜도 해 놓고 청국장도 끓였다. 푸짐한 시골 밥상에 정감이 넘친다. 여기에 안동식혜가 또 나왔다. 내 생일 때 주려고 직접 만든 것이란다. 새벽잠이 없는 친구가 어둑새벽에 나를 생각하며 만들었는데, 맛이 어떠냐고 조심스레 묻는다. 평소에 덜렁거리는 친구 솜씨답지 않게 식혜 속 무채가 곱고 일정하다. 정성이 과분해서 고맙다는 말조차 얼른 나오지 않았다.

지난번만큼 큰 통에 담아 준 식혜를 들고 올 때, 옛일들이 창밖으로 휙휙 지나가는 가로수처럼 삐죽삐죽 떠올랐다가 사라진다. 내가 막내를 낳고 산후조리가 얼추 끝나갈 무렵이었다. 친구가 보낸 상자 하나가 집으로 배달되었다. 그 상자 안에는 찬바람 쐬지 말고 몸조리 잘 하라는 편지와 함께, 한 달은 먹어도 될 정도로 많은 반찬이 소담스럽게 담겨 있었다. 갈아입을 속옷도 여러 벌 넣어서 말이다. 나보다 일 년 먼저 낳은 아들을 업고 고생했을 친구를 생각하며 메었던 목이 오늘 또다시 멘다. 그 후 얼마 안 있어 내게 벅찬 시련이 닥쳤을 때도, 가장 가까이에서 내 손을 꼭 잡고 함께 울어 주었던 친구이다.

식혜 한 그릇에 부모 형제가, 그리고 고향과 친구들이 담겨 있다. 세월이 흘러, 매운 걸 싫어했던 그 아이가 중년 고개를 넘어서며 옛맛에 취해 있다. 그간 타향살이에서 쌓인 설움을 하소연이라도 하듯, 오늘도 어리광 섞인 마음으로 식혜 사발과 마주하고 앉는다.

고향을 만나다

세월이 흘러도 좀처럼 멀어지지 않는 것이 있다. 노곤한 삶이 연속될 때는 비 온 뒤의 풍경처럼 더욱 선명히 떠오른다. 고향이다.

그러나 타향살이를 하는 사람은 물론, 고향 땅에 몸 붙이고 사는 사람들조차도 이제는 기억 속의 가슴 설레는 고향을 만날 수가 없다. 이따금 잃어버린 고향에 대한 상실감이 하루 일과의 고단함보다 더 힘들 때도 있다. 내 고향은 아니었지만, 내가 그토록 그리워하던 고향의 품안에 안긴 듯, 편안하고 정겨운 하룻밤을 보낸 곳이 있다. 독서 모임인 '맑은 향기' 회원들과 함께 간 '외암리 민속 마을'에서였다.

칠월 초입, 마을 입구의 초목들이 그간 쏟아 부은 장맛비를 한껏 들이마신 듯, 건드리기만 해도 초록물이 흠뻑 묻어날 것만 같다. 드넓게 펼쳐진 마을 앞 논의 초록 벼들도 모처럼 내리쬔 햇볕을 받아 새뜻하다. 약 500년 전에 형성되었다는 외암리 마을이 쉽게 친근해질 수 있었던 것은, 아마도 그 마을 사람들이 실제로 생활하고 있기 때문일 게다. 60여 가구 중 50가구 정도가 초가집이고 나머지는 기와집으로, 가옥마다 관직명, 출신 지명인 영암군수댁, 참판댁, 참봉댁과 같은 택호를 달아 놓았다. 예안 이씨 문중의 위상과 구성원들을 함께 드러내고 있는 것이리라.

마을 뒤로는 설화산이 둘러 있고 앞으로는 외암천이 흐르는, 평화롭고 전형적인 시골 마을이다. 마을 어귀에 서 있는 두 쌍의 장승과 솟대는 마을 안위를 지킴은 물론, 방문객을 반갑게 영접하는 것 같다. 600세 나이테를 가진 마을 보호수는 넉넉한 그늘로 행인들의 발길을 잡아 둔다. 삼삼오오 둘러앉은 사람들이 느티나무 이파리만큼이나 많은 이야기를 쏟아 내고 있다.

우리가 묵게 된 곳은 위채, 아래채가 있는 아담한 초가집으로, 뒤란에는 옥수수 밭과 장독대가 있고 앞뜰에는 채마밭과 우물이 있다. 우물가 감나무 아래에 놓인 자그마한 평상은 객을 향해 손짓하는 것 같다. 집 안 곳곳에는 홀로 사시는 할머니의 부지런함이 배어 있다. 마당 가 꽃밭에는 채송화, 봉숭아, 백일홍 꽃들이 오늘 하루 햇살이 너무 눈부셨는지 고개를 뒤로 빼고 있다. 텃밭 고추는 약이 올라 반들반들하고, 지지대를 타고 올라간 오이 넝쿨에는 새끼 오이가 가시옷을 입은 채 여기저기 매달려 있다.

우리는 할머니를 모시고 마을 앞 식당에 가서 저녁 식사를 하려 했으나, 한사코 말리시는 덕분에 텃밭의 채소들로 저녁상을 차리기로 했다. 일 잘하고 손맛 좋은 두 형님들이 팔을 걷어붙인다. 할머니 부엌이 낯설지 않은 듯 익숙한 몸놀림이다. 미처 부엌 자리도 차지하지 못한 나머지 회원들은 기울어 가는 붉은 햇살을 가슴 가득 받아 안으며 평상에 걸터앉았다. 약쑥이 섞인 검불로 모깃불을 피우면 좋으련만. 모두들 하늘로 긴 기둥을 만들며 올라가는 모깃불 연기를 생각하는지 아련한 눈빛이다. 애쓰지 않아도 저절로 마음이 맞는 회원들을 만나게 된 인연에 서로서로 고마워한다. 풋콩을 섞은 밥에 매콤한 고추를 썰어 넣은 된장찌개, 감자 들기름 볶음, 오이 무침, 풋고추, 상추쌈…. 엄마 손맛 밥상에 모여 앉은 우리는 어느새 할머니와 한 가족이 되었다.

일행이 묵으려고 말끔하게 치워 놓은 아랫방은 비워 두고, 우리 모두는 할머니 방에서 촘촘히 드러누워 이야기꽃을 피웠다. 딸 부잣집이 되었다며 즐거워하시는 할머니와 함께한 여름밤에 나는, 개구리 울음소리가 낭자하던 내 고향으로 훌쩍 건너가고 있었다. 곤히 잠든 향기님들을 바라보니 한결같이 선하고 평안해 보인다. 밤공기가 찬 것을 의식해서인지 잠결에도 이불을 끌어다가 옆 사람을 덮어 주는 손길에 정이 묻어난다.

새벽에 아차, 하는 심정으로 퍼뜩 잠에서 깨어났다. 어제 저녁에 노을빛으로 물든 고샅길을 걷고 싶었으나 그리 못한 것이 못내 아쉬웠던 모양이다. 새벽길이라도 걸어 보고 싶은데 회원들 단잠을 깨울까 조심스럽다. 마침 어둠 속에 누군가가 화장실에 다녀오는 기척이 들린다. 가만히 살펴보니 이 선생님이다. 팔을 낚아채듯 잡아끌고 살금살금 밖으로 나왔다. 동행을 만든 것이다. 한여름이지만 새벽공기가 제법 차다. 우리 둘은 옷깃을 여미며 아직도 잠 속에 들어 있는 외암리 마을길을 사박사박 걷기 시작했다. 이런 황톳길, 돌담길을 얼마나 걷고 싶었던가. 집 안이 다 들여다보일 정도로 키 낮은 담장들이 집집마다의 특색을 구분 짓는다. 무성한 담쟁이와 호박 넝쿨은 돌담이 자기들 길인 양 여유롭게 기어오른다. 부푼 입술로 벙긋거리는 능소화도 돌담 위로 올라와 바깥세상을 구경한다. 해바라기와 접시꽃 역시 덩달아 키를 높여 담장 아래를 굽어보고 있다.

어느 집에선가 닭이 홰치는 소리, 개 짖는 소리가 간간이 들려온다. 이른 아침에 들판을 둘러보고 오시던 아버지가 생각난다. 삼베 바지는 이슬에 흠뻑 젖어 다리에 휘감겼고, 어깨에 둘러멘 망태기에는 가지나 풋고추, 참외 나부랭이가 담겨 있었다. 닭장엘 들어갔다가 나오실 때는 갓 낳은 달걀을 꺼내 와서, 개구쟁이 달래듯 내 손을 끌어다 쥐어 주셨지. 그럼 나는 달걀의 온기를 느끼며 툇마루에 앉아 남은 잠을 떨쳐 내곤 했었다.

이 선생님과 나는 비록 고향은 달라도 간직하고 있는 추억이 비슷한 것에 반가워하며 마을 한 바퀴를 돌았다. 숙소로 돌아가기 전에 우리는 논둑길을 걷기로 했다. 밤새 풀잎에 내려앉은 이슬방울들이 은색 보석을 뿌려 놓은 듯 영롱하게 빛난다. 이슬들을 손바닥으로 쓸어 담으며 냇가 쪽으로 난 길을 가고 있는데, 산 밑이라 아직은 어둑한 곳에 백로 떼가 앉은 것처럼 희끗희끗한 것이 보인다. 놀란 눈으로 재게 걸어 다가가 보니 백련 밭이다. 순간, 숨이 멎을 것 같은 환희가 일어났다. 새하얗게 만발한 꽃송이와 아직 연둣빛이 감도는 백련 봉오리들이 넙적한 연잎 사이로 꽃대를 쑥 밀어 올려서 새벽 기도 중인지 미동도 없다.

내 고향에는 이런 연꽃은 없었지만, 이맘때쯤이면 하얀 박꽃이 지천으로 피었었다. 호박과 함께 박을 많이 심었던지라 저녁이면 천사 날개 같은 박꽃들이 초가지붕을 하얗게 덮곤 했다. 아침 이슬을 머금고 청초히 나를 바라보던 박꽃에 매료되어, 누가 내게 제일 좋아하는 꽃을 물으면 주저 없이 박꽃이라고 말했다.

체념했던 고향을 뜻밖의 장소에서 만나고 나니, 무명옷 입은 부모님이 들로, 개울가로 분주히 오가던 내 고향이 더욱 그리워진다.

추억 찾아 가을 속으로

달포 만에 찬찬히 살펴본 냉장고 야채 박스가 수상하다. 주말 농장에서 거둬 온 푸성귀며 제사 때 사용하고 남은 식재료들까지, 쌓인 것을 뒤적여 그때그때 필요한 것만 꺼내고 덮어 둔 상태였다.

서랍을 통째로 빼내서 정리하다 보니 가관이다. 삶은 고사리와 씻어 놓은 부추는 형체도 알아보지 못할 정도로 문드러져 있고, 상추와 배추는 누렇게 떠 버렸다. 부엌살림을 이 지경으로 살아 놓은 내가 너무 낯설어서 머릿속이 멍해 왔다. 신선놀음에 도낏자루 썩는 줄 모른다더니, 내 행실이 바로 그 짝이 되고 말았다. 피식거리는 웃음소리가 길다. 일탈을 감행한 나의 알량한 용기에 보내는 박수인 셈이다.

늘 꿈꿔 오면서도 실천에 옮기지 못했던 추억 여행을, 여고 짝꿍 순덕이와 같이 다니느라 집안일은 뒷전이었다. 미국으로 이민 간 후, 30년이 넘도록 한 번도 고국의 가을 풍경을 보지 못했다는 그녀가, 가을이 한가운데 와 있을 즈음 내 휴가 일정에 맞추어 귀국했다.

제주도 여행 중에 테마 공원 〈선녀와 나무꾼〉은 우리에게 아련한 추억의 실타래가 되어 주기에 충분했다. 두레박 우물, 달동네의 작은 양장점, DJ가 있는 음악 감상실, 퍼모스트 아이스크림 가게…. 좁은 방에서 여러 형제가 한 이불 아래 나란히 누워 있는 모습이 정겹다. 엄동설한에 어깨와 발이 시려도 마음만은 한없이 포근했으리라. 초등학교 교실 풍경은 더 정겹다. 난로에는 누런 도시락들이 포개져 있고, 아이들은 나무 걸상에 다소곳이 앉아서 공부를 한다. 아니 저런! 한 개구쟁이는 무엇을 잘못했는지 교탁 옆에서 엎드려뻗쳐를 하고 있는 중이다. 끙끙 소리가 들려오는 것만 같은 광경에서, 여학생들 고무줄놀이와 공깃돌 놀이를 훼방 놓으러 쏘다니던 악동들이 흐린 유리창 너머의 얼굴인 듯 어른거린다.

　부산에서 함께한 두 벗들도 우리들 추억 더듬기에 단단한 징검돌이 되어 주었다. 시공을 초월한 그 자리에서 꿈 많았던 청춘들이 세월의 더께를 달게 받아 입은 채, 인생 후반전에 대해서 이야기한다. 이제는 좀 마음이 시키는 대로 하면서 살아가단다. 보고 싶은 사람들도 만나면서 말이다. 앞만 보고 달려온 지난날을 되새김질하는 눈빛들에 회한이 서려 있다. 체념을 잔주름처럼 받아들인 중년의 얼굴들이 빛바랜 풍경 속에 동그마니 앉아 있다.

　문득 내 가슴속에 회오리바람이 몰아친다. 쓰라림을 가누지 못해 빗장 질러 놓았던 둔탁한 문짝이 찌그덕, 열리는 소리가 들린다. 지금 해후해도 여전히 아리다. 두어 번 절박한 선택의 기로에 섰을 때, 가지 못한 길이 두고두고 나를 괴롭힐 모양이다. 켜켜이 묻힌 기억

속에서 퇴색되고, 이제는 무의식의 세계로 밀려난 줄 알았던 고통의 편린들이, 이토록 선명한 형상으로 내 앞에 설 줄은 몰랐다.

여행이란, 같은 곳을 가더라도 누구와 함께, 얼마만큼 마음의 여유를 가지고 떠나느냐에 따라서 그 결과는 무척이나 달라진다. 동해안 7번 국도를 달리며 맞닥뜨린 풍경들은 더욱 그랬다. 일찍이 누려 보지 못한 여유로움이다. 온몸의 세포들이 봄볕 맞이하듯 창문을 활짝 열어젖히는 기분이다. 막혔던 기혈이 뚫려서 빠르게 흐르는 것 같다. 오른쪽으로 넓게 펼쳐진 동해 바닷빛이 가슴 벅차도록 곱다. 파도와 바닷바람도 예의 그 모습과는 다르다. 상큼한 해초 내음 물씬 풍기는 바람이 와락, 장난을 걸 듯 얼굴로 달려들고, 도미노처럼 밀려오는 파도는 하얀 이빨을 언뜻언뜻 드러내며 미소를 보낸다. 그 미소는 때마침 흘러나오는 〈G선상의 아리아〉를 타고, 나와 함께 긴 여행을 한다.

울진에서 한적한 산길로 접어들자 단풍이 절정이다. 구불구불 내리막길에서 올려다본 단풍 숲은 서녘으로 기우는 햇볕을 받아서 따사롭기 그지없다. 협주에서 갑자기 바이올린 독주로 바뀐 클래식 음악의 애절한 선율이 꿈결처럼 흐른다. 벗과 인생을 논하던 나는 그만, 카타르시스에 전율하며 침묵 속으로 빠져 들었다. 열린 마음으로 밀려든 단풍의 환희로움과 음악, 그리고 벗과의 교감이 나를 달뜨게 했던 걸까. 가을볕을 다사로이 받으며 우리네 일생을 생각한다. 여름 햇살은 직선으로 내리쬐지만, 가을 햇살은 사선으로 대지에 내려앉는다고 했다. 그래서 더 많은 것들을 비추어 결실을 맺게 하는 것이다. 가을로 접어든 나이에 내가 걸어갈 길이 보이는 성싶다. 울울한 숲속에서 연약하게 살아가는 풀포기들에게 한 줄기 사선 빛이 될 수 있기를 소망해 본다.

이천 친구의 설봉 산장에서 우리는 추적거리는 가을비를 바라보며, 어느새 단발머리 여고생이 되었다. 학교 밑, 자취방이 있던 법상동 골목을 서성이며 옛일을 떠올린다. 교련복 입은 뒷모습이 어땠고, 학교 뒤쪽의 옥련못은 여전한지…. 우리는 밤이 이슥토록 그리운 것들과 쓸쓸한 것들을 더듬고, 우리의 만남이 꿈만 같아서 서로를 쳐다보며 까르르거렸다. 살며시 빠져나와 안개비를 맞으며 집 주변을 거닐었다. 밤안개 무리에 갇힌 산과 하늘의 경계가 가뭇없이 지워지고 한 덩어리가 되어 나를 감싼다. 내 삶의 주인 자리를 무언가에 내어 주고 살아온 것 같은 석연찮음이 마음을 헤집어 놓는다. 세상은 바쁘다고 말한 적 없는데, 세상을 바라보는 내 마음이 바빴던 탓이다. 생의 끝자락이 어디쯤일지 몰라도 내일이 항상 있는 것처럼 살아가서는 안 된다는 일갈(一喝)이 섬광처럼 지나간다.

석양에 속까지 환해진 장흥 계곡이 하르르 불타오르는 것만 같다. 황혼 한 다발을 오롯이 이고 있는 토담집에서, 순덕이와 마주 앉아 동동주 한 잔으로 이별의 정을 나누었다. 사방이 울긋불긋, 우리 얼굴에도 단풍이 들고 마음마저 붉어지니, 만남의 기쁨인지 헤어짐의 슬픔인지 분간하기 어렵다. 30여 년 동안 각자 다른 환경에서 어른이 되고, 상처도 입으며 살아온 우리들. 순수하기만 했던 학창 시절의 연장선으로 생각하다가 당황스러운 면도 있기는 했지만, 멀리 벗어나지 않은 것만으로도 감사할 일이다. 추억의 영화 음악이 가슴을 흥건하게 적셔 주던 한 카페에서 나를 뒤로 안고, 내 이름을 나직이 읊조리던 순덕이는 이번 여행에서 무엇을 얻어 갔을까.

버릴 것은 다 가려내고 구석구석 닦아 낸 냉장고를 보니 내 마음까지 말끔해진 느낌이다. 과거로의 여행은 냉장고를 정돈하듯, 내 삶을 한 번 점검하는 계기를 마련해 주었다. 잠자는 어린 자식을 들여다보는 심정으로 나를 챙기고 싶어진다. 더 버려야 할 것은 무엇이고, 내 숨이 다할 때까지 보듬고 가야 할 것은 무엇인가. 가끔씩 송곳이 되어 나를 찔러대던, 가지 못한 길에 대한 아픔을 이제는 내려놓으려 한다. 내가 선택한 길은 운명이었다고 믿으면서.

먼 훗날, 지난날이 그리워질 때, 벗들과 엮어 간 올가을 나들이도 추억의 꾸러미에 꿰어져 빛나겠지. 추억의 공유가 많아진 만큼 그리움과 사랑의 크기도 커져 있겠지.

해파랑길을 걸으며

동해의 떠오르는 '해'와 바다색 '파랑'이 어우러져 만들어 가는 길, '해파랑길'은 부산 오륙도에서 고성 통일 전망대까지 이어지는 동해안 탐방로이다. 독서 모임 회원들과 함께 전체 50구간 중 1구간에 발을 들여놓은 것은, 늦가을의 애잔함이 여인들 마음을 적시고 있을 즈음이다.

동해와 남해가 갈라지는 오륙도의 해맞이 공원을 출발하여, 조선의 두 기녀가 왜장을 끌어안고 벼랑 아래로 떨어져 죽었다는 이기대(二妓臺)길로 들어섰다. 곡식을 여물리던 황금빛 햇살이 길손의 온몸을 후끈하게 달굴라치면, 건건한 바닷바람이 옷 속으로 파고들며 열기를 식혀 준다. 간간이 코끝으로 스미는 솔향기는 문득 울울한 솔밭길을 걷고 있다는 착각에 빠뜨린다. 갈매기 울음을 등에 태운 파도가 하얗게 부서지며 목청을 돋운다. 여림과 강함으로 어우러진 교향곡이 길게 연주된다.

이기대길을 지나자 저 멀리 광안 대교가 바다 위에 너부죽이 엎드려 있다. 야경이 찬란하던 대교가 청명한 가을 하늘 아래 은빛으로 빛난다. 해운대 해변에 거대한 촛대바위처럼 치솟은 마린시티가 위용을 자랑한다. 마천루에 반사된 햇볕이 강한 레이저가 되어 눈이 부시다. 그러나 그것도 잠시 스쳐 가는 문명의 빛줄기였을 뿐, 오감은 이내 걷고 있는 길 위로 돌아와 자연을 호흡한다. 이별에 몹시 서투른 내 마음을 읽기라도 한 듯, 절벽에 가까스로 몸을 의지한 작은 나무들이 물 마른 단풍잎을 매달고서 만추의 서정을 붙잡고 있다.

나란히 걷던 회원님들은 어느새 저만큼 앞서간다. 둘씩 혹은 혼자서 발걸음도 가볍다. 달려가서 덥석 손을 잡고 싶을 만큼 미쁘고 정겹다. 만나면 마주 보며 이야기하느라 미처 헤아리지 못했던 뒷모습들이다. 어느 시인이 말했었지. 뒷모습은 또 하나의 표정이며 거짓말을 할 줄 모른다고. 수행자에게서 풍기는 홀연함이 묻어난다. 소리 없는 말이 무성 영화의 한 장면으로 부활하여 뒤로, 또 뒤로 전달된다. 과분하게 고마운 인연들이다. 책을 좋아하는 여인들 7명이 모여서 〈맑은 향기〉라고 이름을 지은 지 10년을 훌쩍 넘겼다.

이 모임의 성격과 가장 잘 어울리며 좌장 역할을 하는 K님은, 앞모습 못지않게 뒤태도 곱고 조신하다. 상대방을 먼저 생각하는 너른 품이 그대로 투영된다. 그리고 언제 만나도 반가운 E님, 대학원 졸업을 앞두고 아쉬움은 가득하나 속수무책으로 있는 나를, '책읽기'라는 끈으로 묶어준 은인이다. 보폭도 여유롭게 걸어가는 모습이 바다처럼 시원스럽다. 생각과 행동이 늘 나보다 한 박자 빠른 H님, 외모는 공주 같지만 무수리를 자청함으로써 자칫 생기기 쉬운 거리감을 쉬이 없애 준 행동 대장이다. 위선 같은 건 일찌감치 내다 버린 투명함이 뒷선을 타고 흐른다.

이름처럼 곁에 있기만 해도 주위가 환해지는 '환해'님은 대학원 동기이다. 뒤늦게 시작한 공부로 힘이 들 때마다 환한 미소로 기운을 불어넣어 주던 그녀, 길 따라 일렁이는 몸짓에서 노랫가락이 흐르는 듯하다. 무시로 밀려드는 세파를 용케도 비켜간 듯, 맑고 따사로운 영혼을 지닌 덕분이리라. 내 친구 J의 뒷모습은 오늘따라 더 다정스럽다. 사뭇 단정한 태도이지만 새콤달콤한 맛으로 변화도 줄줄 아는 여인이다. 모자라거나 넘치지 않아서 괜한 신경을 쓰지 않아도 되게 하는, 편하면서도 변함없는 벗이다. 이번 여행길에 동행하지 못한 S님의 빈자리가 좁혀지거나 메워지지 않는 공간으로 남아, 일행 대열에서 앞서거니 뒤서거니 한다. 육영수 여사를 닮은 미모에 성격까지 싱그러워서 청량제 같은 존재인데….

애초에 대학원 동기 셋이서 시작한 모임이었으나, 친구들을 더 데려와서 지금과 같이 된 것이다. 새로운 식구가 들어왔을 적에 다들 반가우면서도 어색해하던 표정들이 떠오른다. 나름대로 개성이 강한 사람들이었으니 역시 친해지기란 그리 쉽지는 않았다. 그러나 흐르는 세월과 더불어 개개인이 지닌 향기는 가랑비에 옷 젖듯 서로에게 스며들었다. 어느 날 H님이 말했다. 각각의 양념 맛을 내던 겉절이에서 이제 온갖 양념이 서로 어울려서 묵은지가 되었다고.

든든한 동반자들로 자리매김하기까지 묵묵히 함께해 준 님들이 참으로 고맙다. 우리는 균형을 잃지 않고 기본을 갖춘다는 게 얼마나 중요하고 필요한지를 몸소 깨달아 가고 있다. 다름을 인정할 줄 아는 지혜가 없었다면, 한목소리로 감사하고 있는 오늘이 존재하지 못했을 것이다. 독서 목록을 정할 때도 사상과 종교를 넘나든 지 오래다. 여행 일정에 빠지지 않는 것이 있다. 유명 성당이나 사찰에 함께 들러 참배하는 일이다. 알면 이해하고 사랑하게 되는 과정을 체험하는 것은 또 다른 의미의 기쁨이다.

동백섬 넓은 둘레길에서 우리는 다시 나란히 걸었다. 철을 잊은 채 봄날처럼 꽃을 피워 올린 동백나무 군락을 돌면서, 파근해진 다리를 끌면서도 샘물 같은 눈빛을 주고받는다. 우리들의 관계를 돈독하게 만든 일등 공신이 책이었다는 사실에 이의를 달 사람은 아무도 없을 것이다. 여기에 고전과 스테디셀러를 고집하는 회원들의 성향도 한몫했다고 여겨진다. 기쁠 때나 슬플 때나 잡은 손을 놓지 말자고 굳이 말하지 않아도 되는 사이, 언제나 내 인생의 든든한 바람막이가 되어 줄 것이다.

길 위에 선다는 것은, 자신을 비추는 거울을 마련하는 행위와 같다. 타성에 젖은 일상에서 벗어나 스스로 내딛는 발걸음을 의식하며 자신에게 말을 거는 시간이다. 내 안의 나와 나누는 대화의 타래 위에 다채로운 풍광이 색을 입히면, 그것은 고스란히 추억으로 남을 것이다. 책에 난 길을 걷고자 하는 우리들이, 이제는 마음속에도 해파랑길과 같은 아름다운 길 하나 내어, 늘상 오늘처럼 흥겹게 거닐 수 있기를 소망해 본다.

벽(壁)

요즘 벽 허물기가 한창이다. 그러나 이것은 건설과 반대의 뜻인 파괴(破壞)가 아니다. 참다운 건설을 위한 행위인 까닭이다. 아파트와 관공서의 담장을 허물고, 장애인과 비장애인 학교 사이에 놓여 있던 높은 철제 담장도 허물었다고 한다. 동서 냉전 사이에 철통같이 존재하던 이데올로기의 벽과, 베를린 장벽이 무너진 지도 오래되었다. 또한 음악 장르 간에 cross-over가 이루어졌고 요리에서도 퓨전 시대가 열렸는데, 오히려 때늦은 허묾이지만 참으로 살맛나는 일이다.

우리 조상들이 경계를 짓고자 쌓기 시작했던 야트막한 담장이, 언젠가부터 사람 키를 훌쩍 웃돌게 높아졌다. 그것도 토담이나 돌담 대신 단단한 콘크리트 벽으로 바뀌었고, 그 위에 철조망이나 뾰족한 유리 조각까지 등장했다. 그야말로 이웃과는 담을 쌓고 나 홀로 살겠다는 선언처럼 보였다.

그래서 '벽'은 사람 사이의 관계나 교류의 단절을 비유적으로 나타내는 의미도 지니게 되었다. 번듯하게 생긴 벽이 이토록 부정적인 의미로 쓰이게 된 것은 바로, 이것이 오해와 편견을 낳기 때문이다. 오해로 인해 엉뚱한 결과가 발생하기도 하고, 편견이나 차별은 미움과 불협화음을 초래한다. 결국 이들은 우리에게 불행을 가져다주는 일로 변질된다. 이 문제의 해결책을 찾는 일은 아마도 인류가 부여받은 과제 중 가장 어려운 일이 아닐까 싶다. 이런 연유로 문학 작품에는 벽이 불러온 참극의 양상이 곧잘 다루어지곤 한다.

로맹가리도 그의 소설 〈벽〉에서 벽을 사이에 두고 생긴 오해가 얼마나 끔찍한지 극명하게 보여 준다. 혈혈단신의 가난한 청년이 추운 밤에 온기가 나는 애정을 갈구한다. 그때 마침 평소에 동경하던, 천사 같은 아름다움을 지닌 옆방 처녀의 신음소리가 들린다. 슬픔과 낙담에 맞서 싸우고 있던 청년의 귀에, 얇은 벽을 통해서 애정행각을 벌이고 있는 듯한 소리가 들려오자, 그는 고독의 발작을 이기지 못해 자살을 한다. 그러나 그 소리는 옆방 처녀가 삶에 절망한 나머지 비소 중독으로 죽어 가면서 낸 온갖 증상과 고통의 발산이었다.

얼마 전 TV에서 한 부부가 미움과 불필요한 자존심이 쌓아 올린 벽 때문에 불행해진 모습을 보았다. 해골이 연상될 만큼 앙상해진 남편은 움직일 힘이 없어서 침대에 누운 채 스스로 대소변을 받아 내고 있었다. 먹는 것은 아내가 주는 물밖에 없었다. 기진맥진하면서도 인터뷰 내내, 오갈 든 푸성귀 같은 입술을 들썩이며 아내에 대한 원망을 줄줄이 쏟아 내었다. 아내도 남편에 대한 미움이 다르지 않았다. 젊었을 때 자기를 그토록 괴롭히던 남편에 대한 복수였다. 그

절박한 상황에서도 서로 기(氣)싸움을 하고 있었다. 풍전등화 같은 생명줄이 마냥 버틸 수 있을 것처럼 말이다.

벽이 낳은 편견과 차별은 작게는 가정에서부터 세계 무대에 이르기까지 불행한 사건, 사고들을 불러일으키고 있다. 국가, 종교, 인종 간에 존재하는 편견으로 우리는 역사 이래 다양한 전쟁과 테러를 겪어 왔다. 종교 간의 벽으로 200년 동안 지속되었던 십자군 전쟁이나 9·11 테러 사건 등 수많은 비극의 한가운데에는 어김없이 그 무엇으로도 파괴하기 힘든 벽이 놓여 있었다. 무색무취, 정체가 묘연한 그 벽으로 인해 인류는 얼마나 더 많은 공포의 날들을 맞아야 하는 것일까.

비록 이렇게 세계적인 일이 아니더라도 우리는 벽에 부딪쳐 멍이 들고, 피를 흘리며 아파하는 모습들을 보면서 살아가고 있다. 치자와 피치자, 강자와 약자, 남과 여, 부모와 자식, 장애인과 비장애인, 이웃 간에 만들어진 벽은 어떤 모양새들일까. 다들 강도도 크기도 다르겠지만 분명한 것은, 금강석으로도 끊지 못하는 불멸의 흉물은 아닐 것이다.

우리 아이들이 초등학교에 다닐 때 있었던 일이다. 시세보다 조금 싼 값에 구입한 아파트로 이사를 한 후, 아래층 입주자가 불시에 찾아오거나 수도 없이 울려대는 인터폰 소리 때문에 몹시 곤혹스러웠다. 나름대로 공동생활의 기본 예의를 지키려고 노력했는데도 불구하고 그분들에게는 거슬리는 것이 많았던 모양이다. 낮 시간에 흔히 날 수 있는 피아노 소리, 못 박는 소리, 청소기 소리, 오디오 소리….

그때마다 죄송하다, 조심하겠다는 말만 하다 보니, 자신이 너무 바보 같아서 화가 났다. 아이들도 노이로제가 걸린 듯, 놀다가도 수시로 멈칫거리는 행동을 했다.

한 달 정도 지났을 무렵, 우리에게 집을 판 할머니 전화를 받고 아래 위층 사이에 얼마나 많은 다툼이 있었는지, 왜 서둘러 이사를 가게 되었는지를 알게 되면서 가슴이 더 답답해 왔다. 이런 고충을 전해들은 지인들은 하나같이, 강하게 맞서야지 그렇게 무르게 보여서는 안 된다고 충고를 했다. 하지만 솔직히 나는 그 이웃과 맞서 이길 자신이 없었을뿐더러, 그리고 싶지도 않았다. 고민 끝에 유자차 한 병을 정성껏 담가 들고 아래층을 방문했다. 부부 교사인 그들은 걱정했던 바와는 달리, 대화가 통하지 않는 사람들이 아니었다. 다만 지나치다 싶을 정도로 예민하여서 되레 안쓰러운 생각이 들었다. TV도 없이 절간처럼 조용한 집 안 분위기와 피곤에 지친 모습을 보고 와서, 그분들이 퇴근하기 전에 소리 나는 일을 먼저 하기로 가족과 의논을 모았다. 이후에 미소 띤 얼굴로 부드러운 말을 건네는 그들을 보면서, 대화로 서로의 마음을 열어야 비로소 벽은 사라질 수 있다는 작은 진리를 얻게 되었다.

어쩌다가 한 번 감정의 벽을 허무는 일을 해보았지만, 순간순간 나는 얼마나 많은 벽을 쌓으며 살아가고 있는지 되돌아본다. '공감'은 자아가 쌓아 놓은 벽을 부술 때에야 비로소 자라나게 된다고 했다. 하나가 되는 것을 끈질기게 방해하는 내 안의 벽, 분리의 벽이 허물어지고 영혼의 소통이 가능한 날은 요원한 것일까.

네가 바로 내 인생의 선물이었어

이번 주말도 우리 부부는 서둘러 집을 나섰다. 남한강과 북한강이 합수되는 곳, 두물머리(양수리)로 가기 위해서다. 아무리 그리운 사람이라 한들, 매주 만나면서도 이토록 한결같이 반가울 수가 있을까. 시나브로 정이 든 농작물들이 얼마큼 자랐는지, 바람에 쓰러지지는 않았는지 궁금증이 갈마든다.

한강 줄기를 거슬러 올라가는 길은 언제 보아도 수려하다. 물안개가 꾸물꾸물 피어오를 때는 몽환 속에서 헤매기도 하고, 산 그림자가 강물에 투영되는 청명한 날이면, 가슴속에서 기신대던 삶의 편린들이 말끔히 사라져 버리기도 한다. 장마로 불어난 혼탁한 강물조차도 흐려진 내 마음을 정화시켜 주기에 충분하다. 차가 밀려도 싫지 않은 길을 거쳐, 강가 군데군데에 서식하고 있는 연꽃을 감상하다 보면 어느새 농장에 다다른다. '언덕 위의 산밭'이 잣나무 숲 아래 나부죽하게 둥지를 틀고 있다. 가끔 중앙선을 오가는 열차가 기적 소리를 내뿜을 뿐, 깊은 산속에 들어와 있는 느낌이다.

작년 하반기에 감당키 어려운 삶의 복병을 만나 애를 끓이다가, 기어이 병이 나고 말았다. 침과 주사를 번갈아 맞으며 힘들어하는 것을 본 친구 H가, 쑥뜸 기구를 사다 주면서 거르지 말고 온구(溫灸)하라고 단단히 일렀다. 그래도 안 되겠는지 어느 날은, 자칭 '언덕 위의 산밭'으로 나를 데려가더니, 그 밭을 나보고 맡으란다. 자기도 아들 둘을 군에 보내 놓고 마음잡을 길이 없었는데, 자연과 벗 삼으면서 많은 도움이 되었다면서. 밭주인이 되어야 자주 찾을 터이니, 저는 다른 일로 바빠서 이제부터는 밭에 오지 못할 거란다.

황무지나 다름없던 곳에서 밭 모양새를 갖추기까지 친구의 고생이 얼마나 컸는지 알고 있는데, 어찌 냉큼 받겠다고 말할 수 있을까. 게다가 혼자서 농사지을 엄두도 안 나고 해서 한사코 사양을 했다. 하지만 그곳이 왠지 꿈에 본 듯 익숙하고, 무엇보다도 쭉쭉 뻗은 잣나무 숲에 매료되고 말았다. 삼림욕장으로도 손색이 없는 곳이다. 푹신하게 쌓인 황갈색 솔가리 위에 가부좌를 틀고 앉으면 절로 명상이 될 것 같았다.

얼떨결에 농장주가 되었으나 무엇부터 시작해야 할지 막막했다. 서울에 살면서 입버릇처럼 귀촌을 꿈꾸는 친정 언니와 친구 J에게 말했더니, 반가운 소식이었는지 관심이 대단하다. 이렇게 해서 농부의 딸이었던 내가 쉰 중반이 되어 다시 흙을 만져 보게 된 것이다. 야심차게 유기농으로 한답시고 한약재와 부엽토를 모아다가 퇴비를 마련하고, 아직은 밭에 더러 남아 있는 돌멩이를 골라내고, 나무뿌리도 잘라 냈다. 다들 오랜만에 맡는 흙냄새 덕분인지 행복한 얼굴이다. 50평 남짓한 산밭에 고추, 마, 고구마, 오이, 상추, 열무 등 20가지나 되는 농작물을 심었다.

사름이 좋아서 안심을 했으나, 올여름은 104년 만의 가뭄이라니 이만저만 걱정스러운 게 아니다. 밭 옆에 작은 계곡이 있지만 물이 말라 버린 지 오래고, 초입에 있는 약수터에서 물을 길어오자니 까마득했다. 주중에 다시 들른 친구 J와 나는 계곡의 누진 곳을 찾아 파보기로 했다. 물이 조금씩 고이기 시작하자 우리는 금맥이라도 찾은 양, 손뼉을 치며 환호했다. 내친 김에 거꾸로 엎드려 흙을 긁어내고, 돌멩이로 축대까지 만들어 놓으니 제법 그럴싸한 우물이 완성되었다. 그런데 흙탕물이 웬만큼 가라앉을 무렵 뜻밖의 장면을 발견했다. 크고 작은 가재들이 고물고물 돌 틈으로 숨어들기에 바쁘다. 아뿔싸, 우리가 그들의 은신처를 헤집어 놓고 말았던 것이다. 어렸을 적, 칠흑 같은 밤에 횃불을 들고 가재 잡이 하던 일이 번뜩 떠오른다. 이슬 머금은 밤공기, 명경 같은 도랑물, 돌 틈새로 뒷걸음질하던 가재들이 동일 색상으로 연결되어 기억의 언저리를 휘감고 돌아간다.

가까스로 고이는 샘물로 새들새들해진 작물들 목을 축여 주고 돌아서기를 거듭하던 중, 장맛비가 내렸다. 비가 그친 뒤, 2주 만에 농장을 찾았을 때는 몰라보게 달라진 모습에 놀라지 않을 수 없었다. 땅에 붙어 있던 호박은 보름달만큼이나 넓적한 잎을 층층이 단 채, 넝쿨을 뻗어서 아까시 나무 위로 기어오르고 있다. 땅꼬마 토란도, 키다리가 되어 은녹색 잎이 다옥하다. 비오는 날 우산 대신 받쳐 들고, 토란잎이 너덜해질 때까지 고샅길을 함께 누비던 동무들이 아른거린다. 초록의 싱싱한 생명력이 안으로 디밀고 들어오는 것 같아 가슴이 벅차오른다.

고생시킨 자식을 더 애지중지한다고 하듯이, 극심한 가뭄에도 무사히 살아 준 야채들이 기특해서 이파리 하나라도 허투루 버릴 수가 없다. 부드럽게 쪄낸 호박잎·깻잎에다가, 매콤한 고추를 넉넉히 썰어 넣고 끓인 된장찌개를 끼얹어 먹는 맛은 일품이다. 한여름 저녁 밥상머리에서 어머니가 싸 주시던 쌈 맛보다는 못하지만 말이다.

'언덕 위의 산밭'은 나를 밀실에서 광장으로 끌어내는 역할을 훌륭하게 해낸 셈이다. 숲의 청량한 기운 속에서 새들과 풀벌레들, 계곡물과 솔바람이 엮어 내는 은은한 하모니는 더없이 푸근한 치유의 손길이었다. 이 모든 것은 친구에게서 받은 값진 선물이다. '선물'이란 사랑, 즉 자신을 주는 행위라고 했다. 스펜서 존슨은 〈The Present (선물)〉에서 Present의 또 다른 의미이기도 한 '현실'에 충실하라고 일렀다. 친구가 내게 준 사랑은, '지금'을 누림으로써 지난 일에 얽매이는 어리석음을 일깨워 주었다.

친구로부터 받은 선물은 참으로 크다. 농장 테두리를 넘어 대자연, 그중에서도 밝은 햇살을 가슴 가득 안겨 주었다.

"양수리 아가씨, 농사는 잘 짓고 있는감?"

가끔 전화를 걸어 깔깔대는 친구야! 이제 보니, 네가 바로 내 인생의 선물 꾸러미였어. 언제나 만개한 꽃 얼굴로, 또르르~ 산새 목소리로 내 안의 그늘을 지워 주지.

05

숲에서 삶을 배우다

이 널따란 숲이
온통 내 차지라는 사실이 여간 흡족한 게 아니다.
(……)
고독까지도 나의 분신이 되어 주고, 혼자 있어서 더 외롭지 않은 곳,
빈 몸으로 기어들어서 주머니마다 가득가득
보물을 채워서 나갈 수 있는 곳이다.
망각의 늪에 빠뜨려 버렸던
청보랏빛 기억도 새순 돋듯 되살아나고,
숲길을 구불구불 달리는 봄바람은
야상곡이 되어 영혼을 맑혀 준다.
우르릉, 바람이 몰아친다.
숲이 이제야 기지개를 켜는 모양이다.
- 본문 중에서

포용의 세계, 우포늪

진한 남빛으로 오롯이 에워싸였다. 전날 밤에 보았던 어둠과는 사뭇 다른 분위기이다. 적요(寂寥)하다 못해 태고의 선경에 든 것처럼 신비감이 엄습한다. 숨소리 내기도 조심스러울 정도로 만귀잠잠(萬鬼潛潛)한 우포늪의 신새벽이다.

그러나 그 시간은 짧게만 지나가고 초록빛이 서서히 드러나기 시작한다. 나무늘보같이 기어오던 어제 저녁 어둠과는 달리, 한여름 우포의 아침은 잰걸음으로 다가왔다. 방산하는 열기를 어떻게 잠재웠는지 의아스러울 만큼, 여기저기서 생명의 화음이 터져 나온다. 새들과 풀벌레들이 늪 밖에서 경쾌한 소리를 내자, 늪 속에서는 크릉크릉 꽉꽉, 굵직한 저음으로 화답을 한다. 노랑어리연꽃, 개구리밥, 물옥잠, 자라풀, 생이가래 같은 수생 식물들이 녹색 융단을 깔아 놓은 듯, 늪의 수면을 가득 메우고 있어 한 폭의 파스텔화를 연상시킨다.

여의도 면적의 3배가량으로 우포는 넓다. 소벌(우포), 나무벌(목포), 모래벌(사지포), 쪽지벌이 제방을 경계로 몸을 맞대고 있다. 제방이 있기 전에 우포는 하나의 늪지였다고 한다. 1998년 람사르 협약에 등록된 이후부터 우포의 생태학적 가치가 인정받기 시작했다. 주변의 퇴적암 층에서 채취한 화석으로 추측한 우포의 생성 시기는 1억 4천만 년 전이라고 한다. 역사를 가늠하기조차 어려운 이곳에 1,500여 종의 동식물이 둥지를 틀고 있다니, 생명력이 왕성할 수밖에 없다는 결론에 이른다.

은하수가 아침 이슬로 내려앉은 것 같은 둘레 숲길을 걸으며 들여다본 늪의 세계는 경이롭기 그지없다. 물도 아니며 뭍도 아닌 것이 잠자는 듯하지만, 깊은 숨을 내쉬고 있다. 촘촘한 부초들이 짙은 그늘을 만들어 주는 아늑한 그곳으로부터, 용암이 꿈틀대고 있는 것처럼 생명의 열기가 들썩거린다. 성하(盛夏)의 초록이 내뿜는 기운 못지않게 물속 생물들도 그 젊음을 주체하기가 힘들다는 듯, 꾸럭꾸럭 쿵쿵, 단음(短音)을 내지른다. 물옥잠이 윤기 흐르는 청록색으로 군락을 이룬 곳에서 물닭 가족이 황급히 자리를 뜬다. 불청객의 발소리에 놀란 모양이다. 물억새 숲에서는 초록과 대비되어 창백하도록 새하얀 중대백로 떼가 평화롭게 노닐고 있다.

한참을 걷다 보니 왕버들 군락지가 나왔다. 청송의 주산 저수지처럼 나무들이 물에 잠긴 채, 제각각 반영(反影)을 드리우고 있다. 홍수 때 수위를 말해 주듯, 성인 키 높이까지는 버들잎이 없다. 나목 숲은 마치 앙상한 나뭇가지로 겹겹이 울타리를 쳐 놓은 것 같다. 어두컴컴한 왕버들 숲속에서 수많은 생명체들이 길래 왁시글거리더니 첨벙첨

벙 장난질을 한다. 깊이를 알 수 없는 공간, 암흑의 동굴처럼 형태를 짐작도 하지 못하는 그곳에서 저들은 저렇게 유쾌하게 살아가고 있구나! 미지의 세계여서 막연한 두려움으로 거부하고 싶었던 늪인데, 저들에게는 이곳이 바로 지상 낙원이 되고 있다. 어느 벌판에 뿌려 놓았던 바람의 씨앗들이 단비를 맞고 일시에 발아했는지, 마파람이 무리지어 가슴팍으로 밀려든다. 속 깊은 대화를 나눌 때 느끼는 잔잔한 흥분 같은, 그런 두근거림이 한동안 이어진다.

군락지를 벗어나자 맑은 물 위에 구름 조각이 손에 잡힐 듯 명징하게 떠 있다. 하늘만큼이나 우포늪도 맑다. 늪은 으레 진흙탕일 거라고 예상했는데 뜻밖이다. 드넓은 수면을 뒤덮고 있는 수생 식물들이 수질을 정화시켜 주는 덕분이란다. 고여서 썩어가는 곳이 아니다. 홍수가 나면 스펀지처럼 물을 빨아들여 피해를 막아 주고, 가뭄이 들면 머금었던 그 물을 돌려주어 주변 생물들의 생명을 잇는 역할을 한다.

개구리밥과 자라풀이 수면을 연둣빛으로 물들이고 있는데, 군데군데 물웅덩이를 파놓은 것처럼 담녹색 원판이 보인다. 세계적으로 한 종밖에 없는 식물로 온몸에 가시가 나 있고, 잎의 지름이 2m나 된다는 가시연이다. 무두질을 막 끝낸 시커먼 가죽 방석을 물 위에 엎어 놓은 형상이다. 가까이 가 보니 한 뼘쯤 되는 가시투성이 꽃대 위에 분홍빛 꽃봉오리가 쏘옥 올라와 있다. 가시로 무장한 가시연이 왠지 애처롭다고 생각하는데, 떡개구리 한 마리가 가시연 잎으로 폴짝 뛰어든다. 가시연은 그 무서운 가시로 주변을 다 물리치고 외롭게 살겠

거니 염려했는데, 그건 나만의 기우에 불과했다.

요즘 혼란스러운 내 모습을 또 한 번 확인하는 것 같아 씁쓸한 웃음이 배어 나온다. 이런저런 일들에 예민하게 반응하다가 종내 생각의 늪에 빠져 허우적거리는 날들이었다. 지루한 폭염 탓이었을까. 예사로 넘길 수 있는 일들에 신경을 곤두세우고, 옴나위도 없이 행동하다가 수세로 몰린 적이 한두 번이 아니다. 때로는 긍정의 전도사라도 되는 양, 웬만한 일들은 다 품을 수도 있을 것처럼 여유롭던 마음이, 어느 순간 밴댕이 소갈딱지만큼 비좁아져 있었다. 명상도 해보고, 생각 버리기 연습도 해보았으나 어찌된 영문인지 도무지 나아지지 않았다. 고심 끝에 실제의 늪을 찾아 나선 것이다.

우포늪에 들어선 후 얼마 지나지 않아서 나의 무지는 여지없이 난타를 당하고야 말았다. 여태껏 늪은 무엇이든 빨아들여 삼키고 마는 혼돈의 공간쯤으로 알고 있었던 것이다. 하지만 늪은 무한한 생명의 터전으로 한량없는 포용을 실천하는 긍정의 장소였다. 무엇이든 삼키고 또 삼키지만, 심지어 하늘마저 삼켜 버리지만, 그 행위는 이타적인 몸짓이었다. 모든 걸 다 수용하여 포근하게 보듬어 주는 어머니와도 같은 존재이다. 거대한 몸집 안에 성질이 다른 생명체들을 가리지 않고 받아들였을 때, 다툼도 있고 상처 입은 것들도 많았으리라. 인간으로서는 짐작할 수도 없는 긴 세월 동안 얼마나 많은 개체들이 그 품안에서 태어나고 죽어갔을까. 그러는 사이에 아픔 또한 얼마나 컸을까.

내 좁은 가슴으로 우포늪의 너른 품을 헤아려 본다는 것은, 어쩌면 염치없는 일일지도 모른다. 그러나 우리네 삶의 늪도 마찬가지로 긍정과 재생의 공간이 되어야 한다는 우포의 메시지는 짐작할 수 있을 것 같다. 고통 없는 성장은 있을 수 없다는 말을 위안으로 삼아 본다.

하나만큼의 거리

앙증맞다기보다 차라리 애잔하게 가슴속을 파고든다. 함초롬히 이슬을 머금은 듯, 깃털마다 속눈썹 같은 작은 물방울을 달고 있는 이끼 이야기이다. 빛의 각도에 따라 황갈색이었다가 암녹색이 되기도 한다. 요즘 이 화분 하나가 내 관심을 끌다 못해, 숫제 애물단지 수준이 되고 말았다. 거실을 지나칠 때는 물론, 외출했다가도 종종걸음을 치기가 일쑤이니 말이다.

지난해 늦가을, 지인과 함께 산행을 하다가 길을 잘못 들었다. 5시간이나 헤매었던 도마치 계곡의 공포를 고스란히 안고 있는 녀석이다. 잠시 숨을 고르다가 너럭바위 하나를 온통 뒤덮고 있던 큰솔이끼 군락을 발견하고, 한쪽 귀퉁이에서 조금 떼어온 것이다. 인근 산에서는 땅에 붙어 있을 정도인데, 이 녀석은 키가 25cm나 되어 물결 따라 흔들거리는 수초 같다. 나무 화분에 옮겨 심어서 반그늘에 놓아두고, 건조할까 염려되어 수시로 물 뿌리는 작업을 시작했다. 그런데 예삿일이 아니다.

물기가 닿으면 솔잎 모양의 가느다란 잎사귀를 활짝 펼쳤다가, 내가 제 곁을 떠나고 나면 어느새 차렷 자세로 오므리고 만다. 토라져서 입을 앙다물어 버린 것 같아 여간 마음이 쓰이는 게 아니다. "에이, 요 녀석, 또 토라졌구나!" 하며 개구쟁이 달래듯 얼른 물을 뿜어 주지만, 차츰 꺼칠해져 가는 몰골에 내 마음은 무거워만 간다. 아무리 정성껏 보살핀다고 해도 군사 보호 구역으로, 영화 '아바타'의 무대와 같은 환경을 무슨 수로 만들어 준다는 말인가. 북슬북슬하고 싱그럽던 모습은 간데없고, 만추 무렵의 들풀같이 생기를 잃어 버렸다. 그 와중에도 종족 번식의 임무를 다하기 위함인가, 여기저기 가녀린 줄기 끄트머리에 포자낭을 달고 위태롭게 서 있다. 나의 부질없는 소유욕을 탓하며 손가락이 아프도록 분무질을 하다가 '존재'의 의미를 다시금 새겨 본다.

에리히 프롬은 ≪소유냐 존재냐≫에서 '소유하고 있는 것은 잃을 수 있는 것이므로 불안하기 마련이다. 상실의 위험은 항상 소유 안에 내재하며 집착은 괴로운 것이다.'라고 말하며, 소유보다 존재에 충실할 것을 강조했다. 그러면 존재 양식을 받아들이기 위해서는 어떤 전제가 필요한 것일까. 나와 대상 간에 적당한 거리를 유지하는 것은 쉽지 않은 일이지만, 필수조건이라는 사실을 경건한 마음으로 받아들인다. 사물이든 사람이든 이런 거리를 둔다는 것은 곧, 상대방의 존재를 존중해 준다는 의미가 되기 때문이다.

어릴 적, 양지바른 툇마루에 걸터앉아서 바라보던 참새 떼가 생각난다. 마당가에 둘러선 미루나무에 굵은 철사로 연결시킨 긴 빨랫줄이 있었다. 참새들은 날마다 그 줄에 올망졸망 모여서 한동안 재재거렸다. 그런데 어쩜 그렇게도 자로 잰 듯이 일정한 간격을 유지한 채 앉아 있던지, 그들 사이를 눈대중하느라 추위도 잊곤 했었다. 새들은 자신의 몸 크기만큼 떨어져서 앉는다는 사실을 한참 뒤에야 알게 되었지만, 그것은 날아갈 때 날개를 펼 수 있는 공간을 확보하기 위함이란다. 하긴 생존을 위해 불문율처럼 둬야 하는 거리가 어디 동물에게만 요구되는 일이겠는가. 숲속 나무들도 나름대로 얼마큼의 간격을 두고 서 있다. 심지어 꽃이나 잎, 열매들도 서로 부딪치지 않을 정도의 공간을 남기고 달려서 제각각의 소임을 다한다.

우리들의 지나친 소유욕이 때로는 눈을 멀게 하여 돌이킬 수 없는 비극을 불러오기도 한다. 종교와 이념 사이에도 타의 그것이 들어와서 말을 걸 수 있는 곁을 주었다면, 끔찍한 전쟁이나 대테러와 같은 불상사는 일어나지 않을 것이다. 보다 나은 삶을 기대하며 생겨난 종교가 아이러니하게도 인간의 마음을 더 가난하게 만들고 있다. 사회 지도층 인사들이나 친하게 지내며 존경하던 분들 중에서도, 자신의 종교와 이념만이 절대 선인 양 고집하는 것을 보고, 그곳을 얼른 벗어나고 싶었던 적이 있다. 주어진 공간을 내 것으로만 다 채우려는 행위는, 온전한 소유를 꿈꾸며 상대방의 존재를 무시하는 것과 다름없을 것이다. 서로 다름을 수용할 때 다양성이 싹트고 상대를 배려하는 마음도 커져 갈 텐데, 극단적인 이기주의에서 벗어날 길은 요원하기만 한 것일까.

적절한 간격이 필요한 곳은 무엇보다 사람 관계가 아닐까 한다.

친구, 연인, 부부 사이에도 바람이 드나들 공간은 있어야 할 것 같다. 다른 한 사람이 들어갈 자리를 비워 두는 것이 쉬운 일은 아닐지라도, 지혜롭게 사는 방법임에는 틀림이 없는 듯싶다. 물건도 아닌 사람을 소유할 수는 없는 노릇이다. 사랑하면 무람없이 굴어도 되고, 간섭할 권리가 있는 것처럼 착각하기 쉽다. 그래서 제일 가까운 사람에게서 가장 큰 상처를 입는다고 했다. 서로를 존재의 개념으로 바라보는 노력이 있어야겠다. 가끔, 나도 모르게 자식을 소유물처럼 여기지는 않았는지, 자식이 한 인격체로 자랄 수 있는 공간에서 내가 차지한 면적은 얼마나 되는지 두려워질 때가 있다.

불가근불가원(不可近不可遠)은 너무 멀지도 가깝지도 않은 최적의 대인 거리를 이름이다. 아름다운 관계를 위해서는 이런 거리감을 감수해야 한다는 말일 게다. 그럴 때 그리움도, 기다림도 깃들 수 있을 것이니. '고슴도치 딜레마'도 이와 다르지 않다. 고슴도치들은 날씨가 추워지면 서로의 체온이 그리워 다가가다가 상대방의 가시에 찔려서 화들짝 놀라며 멀리 떨어진다. 추위와 아픔 사이를 왕복하다가 끝내는 적절한 거리를 유지하게 된다는 뜻이다.

이틀간 집을 비웠다가 돌아와 보니, 이끼가 중병 환자같이 비영비영하다. 간절한 마음으로 분무기를 눌러댄다. 간신히 살아나는 큰솔이끼에게 나도 모르게 약속을 하고 있다. 봄이 되면 네가 살던 고향으로 데려가 주겠노라고.

겨울 산이 들려준 말

산이 많은 나라에서 사는 사람이 산을 좋아하는 것은, 어쩌면 당연한 일인지 모른다. 나 역시 어머니 무명 치마폭처럼 넉넉한 산 울타리 속에서 유년 시절을 보낸 탓에, 산은 늘 고향같이 친근하다. 그래서일까, 바쁜 생활 중에도 산을 자주 찾는 편이다. 시름겨울 때 뜬금없이 찾아가 하소연 한 움큼 울컥 쏟아내곤, 인사도 없이 떠나오는 에고이스트에게도 산은 변함없는 후의(厚意)를 베푼다. 역시 산은 고향이고 어머니 같다.

그런데 언제부터인가 '부름' 같은 것을 느끼게 되었다. 산이 나를 부르는, 솔향기 잠뿍 실린 목소리가 들리는 듯하다. 그 소리는 비가 온 뒷날 아침이면 더욱 선명하다. 잔뜩 잰 듯한 목소리이지만 산을 오르는 순간, 자신 있게 객을 불러올린 이유를 이내 알게 된다. 연방 심호흡을 하게 하는 상큼한 공기, 기쁨에 찬 새 소리, 마알갛게 씻은 얼굴에 황은(黃銀)빛 미소가 가득한 나뭇잎들…. 환희롭기 그지없다.

겨울을 재촉하는 비가 하루 종일 내린 다음 날에도, 나는 어김없이 산의 손짓을 알아차리고 서두르기 시작했다. 이슬처럼 방울방울 맺힌 빗물들을 아침 햇살이 데려가기 전에 만나야 하므로. 빗물 머금은 숲길의 삽상한 기운이 온몸으로 젖어든다. 수북이 쌓인 낙엽은 비를 맞아 호박색을 띤 데다, 밟아도 바스락대지 않으니 더욱 편안한 마음으로 산행을 할 수 있다. 상쾌한 마음 따라 발걸음도 가볍다. 큰 숨한 번 몰아쉬고 나니, 흘린 땀만큼이나 마음의 때도 씻겨 나가는 성싶다.

산 중턱쯤 내려왔을 때 어디선가 거센 바람이 휘몰아친다. 빈 가지로 찬바람을 묵묵히 맞고 있는 나무들에게서 숙연함이 감돈다. 그런데 한 굽이 더 내려오자 나도 모르게 발걸음이 멈춰 선다. 창공을 찌를 듯 높이 솟은 떡갈나무 꼭대기에서 애처롭게 떨고 있는 마른 잎사귀 두 닢 때문이다. 얼마 전까지만 해도 화려했을 그들이, 땅으로 내려갈 시기를 놓치고선 허공에서 바둥대고 있다. 쭈글쭈글하고 빛바랜 얼굴로 바람에 시달리고 있는 모양새가 참으로 안쓰럽다. 손 닿는 곳에 있다면 냉큼 내려 주고 싶은 마음 간절하다.

문득, 사람들 역시 이런 모습으로 살아가고 있는 건 아닌지 더듬어 본다. 떠나야 할 시기에 떠나지 못하는 어리석음 말이다. 그것은 남들이 우러러보던 자리, 편안하던 자리를 좀 더 지키고 싶은 욕심을 버리지 못해서일 것이다. 과욕의 끝은 성실히 살아온 삶이 뿌리째 뽑혀 버리는 결과를 낳을 때가 많다. 착잡한 마음으로 주위를 둘러본다. 새싹들 속삭임과 꽃들의 환희에 찬 설렘도, 힘 있게 뻗어 나가던 녹음의 벅찬 희망도, 마지막 아름다움을 애써 표현하려던 욕망도,

모두 내려놓고 알몸으로 수행하고 있는 겨울 산! 그 의연한 형상 위에, 길 잃은 중생들의 길잡이가 되어 주던 수행자의 영상이 얼비친다.

돌아가신 뒤, 해를 더해도 추모의 물결이 줄어들지 않는, 두 분 종교인의 생전 미담이다. 가톨릭서울대교구장직을 명예롭게 은퇴했을 때, 김수환 추기경은 우리에게 더 아름다운 모습을 보여 주었다. 그는 교구장직에서 물러나자마자 3개월 동안 국외 여행길에 올랐었다. 자신이 서울에 있으면 새 교구장에게 행여나 불편을 끼칠까 봐 염려되었기 때문이라고 했다. '새 교구장은 더욱 커져야 하고 나는 작아져야 한다.'는 생각에서였다.

또 한 분, '무소유'의 대명사로 통하던 법정 스님의 일화이다. 한 신도가 법정 스님께 수천억 상당의 땅을 보시했다. 스님은 거기에 '길상사'를 짓고, 그 절의 회주(법회를 주관하는 승려)로 재임하게 되었다. 그러나 얼마 지나지 않아 그분은, "머물면 추해질 뿐… 수행자는 늘 틀을 깨야 한다."는 말을 남기고 미련 없이 떠나는 모습으로 우리들 마음을 훈훈하게 해 주었다.

청산은 나를 보고 말없이 살라 하고
창공은 나를 보고 티 없이 살라 하네.
탐욕도 벗어 놓고 미움도 벗어 놓고
물처럼 바람처럼 살다 가라 하네.

불현듯, 고려 말 공민왕의 왕사였던 나옹 화상의 선시(禪詩)가 산바람을 타고 귓전으로 날아든다. 터덜터덜 산을 내려가는 나에게 산이 조근조근 일러 준다. 비워야 할 것들은 아쉬워하지 말고 죄다 떨쳐 버리라고. 그래야 자신의 참모습을 볼 수 있으며, 우주의 언어인 침묵의 소리를 들을 수 있다고.

겨울 산과 그것을 닮은 두 수행자가, 혼란의 시대를 살고 있는 우리들에게 남겨 준 가르침을 이어받아, 작지만 의미 있는 삶을 살고 싶다. 욕망에는 끝이 없음을 가슴으로 깨닫고, 어디쯤에 멈추어 서서 내려놓아야 할지 자주 뒤돌아볼 일이다.

무진 산행

일요일 새벽, 아직 어둠이 짙게 깔린 도로 위를 쌩쌩 달렸다. 강화도 마니산 등반을 하기 위해서다. 마니산 기슭의 정수사 입구 주차장에 모인 남편 친구 부부들은, 잠을 설치고 온 것 같지 않게 밝고 정다운 인사를 나눈다. 주변을 뿌옇게 둘러싸고 있는 안개도 우리들을 반갑게 맞아 주는 것 같다. 꼭 한번 가 보고 싶었던 마니산을, 일행중 이 산에 남다른 애착을 가진 한 분의 안내를 받으며 가게 되어 더욱 기쁘다.

마치 전문 산악인들처럼 단단히 준비한 우리는, 안개 덮인 산기슭을 조심조심 오르기 시작했다. 그런데 이게 웬일일까. 계곡 쪽으로 들어갈수록 안개가 더 짙어져서 앞을 분간할 수가 없다. 이렇게 자욱한 안개를 보는 건 난생 처음이다. 불현듯 작가 김승옥의 〈무진 기행〉이 떠올랐다. 안개가 명산물이라고 할 만큼 심하게 끼는 마을 무진(霧津), 작가는 그 작품에서 한 치 앞을 내다보기 힘든 혼돈의 시대를 '안개'라는 상징을 빌려 암울하게 나타내고 있다. 하지만 나는 이 안개 속에서 그와는 다르게 신비스런 분위기에 휩싸여 있다. 일행의 웃음소리가 경쾌한 멜로디처럼 들린다. 골짜기를 가득 메운 안개 속에서, 갑자기 허연 수염을 늘어뜨린 신선이 너털웃음을 웃으며 나타날 것만 같다. '이승에 한(恨)이 있어서 매일 밤 찾아오는 여귀(女鬼)가 뿜어내 놓은 입김과 같은' 안개가 아니라, 신선이 훠이훠이 팔을 내저으며 내뿜는 신성한 기운 같다.

잠깐 이런 상상에 빠져 있는 동안, 일행은 벌써 어디쯤 갔는지 안개 속으로 사라져 버렸다. 아차, 싶어 발걸음을 재촉하니 머지않은 곳에서 거친 숨을 몰아쉬며 터벅터벅 올라가고 있는 모습이 희끄무레하게 보인다. 이미 정상까지 올라갔다가 내려오는 사람들과도 이웃을 만난 것같이 반가워한다. 좋은 하루가 되라는 덕담을 주고받으며 헤어진, 멀리 부산에서 왔다는 그들은 흠뻑 젖어 있었다. 비는 어제 이미 그쳤는데 어쩐 일인가, 그건 바로 온 천하를 접수해 버린 안개 때문이었다.

지구의 정중앙 지점이며, 단군께서 단을 쌓아 하늘에 제사를 지냈다는 참성단이 보인다. 지금도 해마다 10월 3일이 되면 이곳에서 개천대제가 열린다고 한다. 일 년에 서너 번만 개방해서, 들어가지는 못하고 곁에서 바라볼 수밖에 없었다. 하지만 정상 즈음에 마련된 참성단 안내 장소에서, 개천 행사 장면을 찍은 사진을 보게 되어 그나마 다행이었다. 하얀 깃털 부채를 높이 들고, 마니산의 안개를 모아다가 만든 것 같은 천의(天衣)를 입은 칠 선녀들. 아리따운 그녀들의 성무(聖舞)를 사진으로 보고 있노라니, 이곳이 더 신성하게 느껴져.

이제 하산하려나 했는데 그게 아니란다. 친절한 우리의 안내자는 지금부터 마니산의 진수를 보여 주겠단다. 다른 사람들이 줄지어 가고 있는 등산로가 아닌, 옆길로 우리를 안내한다. 이곳에서 세상이 다섯 번은 바뀌는 것을 보고 내려가야만, 마니산을 등반한 의미가 있단다. 깎아지른 듯한 절벽 위의 평평한 바위에 모두 앉기를 권한다. 일행은 사방이 안개뿐인 산 정상에서 좌선을 한 채, 어느새 깊은 명상에 잠겨 있다.

시간이 얼마나 흘렀을까. 눈을 뜬 순간, 발아래 안개 무리가 요동을 친다. 스르륵 스르륵 소리도 들릴 듯싶은 형상으로, 바람에 밀려서 우리가 있는 산정 쪽으로 급하게 올라온다. 초록색 산세가 서서히 드러난다. 때맞추어 파란 하늘도 열리고 있다. 안개 일색이었던 하늘이다. 누가 먼저랄 것도 없이 환호성을 합창한다. 더 놀라운 것은 여태껏 바다일 것으로 짐작하고 있었던 산 아래가, 안개를 벗고 나니 장난감 같은 집들이 올망졸망 모여 있는 마을이다. 천지가 묘기를 부리는 것 같다. 신기해하고 있는 사이에 또다시 하늘은 닫히고 마을도 안개 속으로 숨는다. 이렇게 세상이 몇 번이나 바뀌고 있는데, 옆 골짜기의 안개는 적진에 포위된 듯 꼼짝 못하고 갇혀 있다.

우리는 마니산 마니아 덕분에 그냥 지나쳐 버리기 쉬운 진풍경을 한껏 구경하고 산을 내려오기 시작했다. 흔히 볼 수 있는 광경은 아니지만, 바다를 끼고 있는 이 산에 주로 여름철, 비가 올 때나 비 갠 직후에 짙은 안개가 나타나곤 한단다. 이제는 그 많던 안개가 신기루처럼 어디로 사라졌는지 온 산에 햇빛이 가득하다. 하산 길도 역시 인적이 드문, 안내자가 즐겨 다닌다는 오솔길이다. 우거진 나무 밑을 지나서 시골 동네의 야산같이 야트막한 곳으로 접어들었다. 길 섶의 풀들이 황금빛 아침 햇살을 받고 수줍은 듯 파르르 떨고 있다.

안개비에 젖은 몸을 햇살에 말리며 느릿느릿 내려가고 있는데, 우산버섯 같은 것들이 여기저기 보인다. 가까이 가 보니 거미줄이다. 어느 수필가는 부슬비 맞은 거미줄을 보고 '잘 닦인 은쟁반처럼 우아한 모습'이라고 했다. 그때는 이 말에 공감이 가지 않았다. 어릴 적 여름날 아침에 풀숲이나 벼논에서 본 거미줄은, 작은 이슬방울을 매달고 있어 영롱하다는 느낌이 들었기 때문이다. 하지만 오늘 본 거미줄은 '잘 닦인 은쟁반'임에 틀림없다.

이 산에서 저 산으로 자유로이 유영하는 안개구름이 부러운 날, 다시 이곳을 찾아야겠다.

숲에서 삶을 배운다

어렸을 적, 숲은 그저 그늘을 만들어 주는 곳, 그래서 늘 청회색으로 기억되는 공간이었다. 스쳐 지나가거나 동무들과 술래잡기하느라 발 빠르게 뛰어다니던 놀이터이기도 했다. 그런 숲이 언제부터인가 나만의 영역으로 자리 잡기 시작했다. 새들처럼 고단한 날갯짓을 멈출 수 있는 쉼터가 되어 주는 것이다.

한겨울, 잿빛 관엽수림의 단조로운 바람마저 잠드는 날이면, 숲속은 온통 침묵의 세계이다. 새들도 숨을 죽이고, 계곡물도 산천어들이랑 함께 얼음장 밑으로 숨어 버린다. 덩달아 나도 발소리를 감추려고 한 그루 나목이 되어 갈참나무에 기대어 선다. 쩡하고 금이 갈 것 같은 높푸른 하늘은 내 존재를 다 알고 있다는 듯 해맑게 내려다본다. 잡념이 가라앉지 않거나 삶이 거추장스러워 보일 때, 나는 자주 숲을 찾는다. 나무의 의연함과 집착을 내려놓을 줄 아는 용기를 닮고 싶어서이다. 알몸으로 세상에 선다는 것, 춥고 부끄럽기도 할 것이다. 그러나 그렇게 되지 않고서는 나를 투명하게 들여다볼 수 없는 것은 물론, 새 삶을 기대할 수도 없다는 진리를 나무는 내게 행동으로 보여 준다.

봄 마중 간 선암사에서 아침 공양을 마치고, 산책길 막바지에 있는 조계산 편백나무 숲으로 숨어들었다. 산자락 하나를 온통 진초록으로 뒤덮고 있는 편백 숲은 키다리 우산을 즐비하게 받쳐 든 형상이다. 비온 후 새뜻한 바람이 나보다 앞질러 숲길을 달려간다. 고개를 한껏 젖히고 올려다보니, 하얀 하늘에 검푸른 구름덩이가 촘촘히 떠 있는 것 같다. 드넓은 하늘이지만 이들이 차지하는 공간은 한정되어 있다. 비슷한 키로 솟아오른 편백나무들은 빈 하늘을 각자의 여건대로 알뜰히 메우고 있다. 장방형, 세모꼴, 타원 모양, 나무 꼭대기가 자리 잡은 하늘 방 생김새가 가지각색이다. 이렇게 공간을 나눠 쓰는 배려 덕분에 숲은 깊어질 수 있는 것이리라.

아마도 이 나무들은 긴 세월을 동고동락하며 서로를 너무도 잘 알고 있을 것이다. 지상에 처음 뿌리를 내렸을 때에는 치열한 경쟁자가 아니었겠는가. 그러나 지금 이들은 아름다운 숙명의 동반자가 되어 있다. 만약 홀로 서 있었다면 불안할 정도로 높이 솟은 나무가, 거센 바람을 이겨 내지 못했을 것이다. 흔드적거리는 모양새가 마치 정자에 모여 서서 곰방대 빼어 물고, 두런두런 한담을 나누는 시골 할아버지들을 닮았다. 거친 바람에 서로 부딪치며 툭툭거리는 소리는 담뱃재를 터는 것 같기도 하다.

편백나무 숲속에 소나무 세 그루가 섞여 있다. 그중에 두 그루는 편백나무와 어깨를 나란히 하며 하늘에 닿아 있다. 그런데 나머지

한 그루는 엿가락 늘여 놓은 것처럼 배리배리한 것이 키 재기가 힘겨웠나, 샐그러지다가 종내는 옆 편백에 업혀 버렸다. 용케도 그 상태로 자라나서 하늘 한 귀퉁이를 간신히 차지하고 있다. 얼마나 가쁜 숨을 몰아쉬며 쫓아갔을지 짐작이 간다. 가끔 센 바람이 불 때는 두 나무가 맞닿은 부분에서 찌이익~, 신음이 새되게 들린다. 뼈가 드러난 듯 허옇게 된 상처가 너덜너덜하다. 그 통증이 내 몸으로 전해온다. 그래도 저들은 견뎌 낼 것이다. 튼실한 편백나무가 약골 소나무를 끝까지 데리고 갈 것만 같다.

한 모롱이 돌아서 자드락길로 접어드는데, 헌걸찬 느티나무 한 그루가 터줏대감처럼 위풍당당하게 버티고 있다. 우람한 그 기세에, 둘레에는 다른 나무들이 들어설 엄두를 못 내었다. 가지를 사방으로 거침없이 뻗으면서 하늘 높이 솟은 터라, 그 녀석이 차지하는 하늘 면적이 넓다. 하늘에 큰 호수를 하나 만들어 놓았다. 다분히 위협적인 존재이다. 아마도 이 느티나무는 편백 숲 조성 이전부터 터를 잡고 있었으리라. 세도가의 자손으로 태어나서 세상 힘든 줄 모르고 살아가는 사람 같다는 생각이 든다. 위화감이 생기기도 하겠지만, 이것 또한 받아들여야 하는 것이 인간사이고 숲의 세계가 아니겠는가.

어느 숲 해설가는 이런 말을 했다. 신은 우주 만물에게 많은 선물을 주지만, 형벌도 한 가지씩은 준다고. 나무는 움직일 수 없는 것이 그것이란다. 척박하거나 위험해도 옮겨 살지 못하고, 씨앗이 뿌려진 곳을 곧 운명의 터전으로 수긍해야만 하는 나무들이 별안간 안쓰러워진다. 한편 사람에게 내려진 형벌은 욕심이라고 한다. 더, 더 잘 살고 싶은 욕심 말이다. 미래를 걱정하고, 지나온 일들을 후회하다가 지금 이 순간을 온전히 살지 못하고 있지 않은가. 가히 최고의 형벌이라고 말해도 모자람이 없을 성싶다.

이른 시각이어서인지 아직까지 인기척이 없다. 여기까지 와서도 어김없이 나의 알량한 소유욕이 발동한다. 코웃음이 흘러나와도 마냥 좋다. 이 널따란 숲이 온통 내 차지라는 사실이 여간 흡족한 게 아니다. 오솔길을 걷다가, 벤치에 앉았다가, 드러누웠다가, 아름드리나무를 끌어안고 속삭이다가…. 고독까지도 나의 분신이 되어 주고, 혼자 있어서 더 외롭지 않은 곳, 빈 몸으로 기어들어서 주머니마다 가득가득 보물을 채워서 나갈 수 있는 곳이다. 망각의 늪에 빠뜨려 버렸던 청보랏빛 기억도 새순 돋듯 되살아나고, 숲길을 구불구불 달리는 봄바람은 야상곡이 되어 영혼을 맑혀 준다.

우르릉, 바람이 몰아친다. 숲이 이제야 기지개를 켜는 모양이다. 끼이익 끽, 큰 가지들이 부딪치는 소리이다. 달그락달그락, 작은 가지들도 장난질한다. 사륵 사르륵, 바람이 잎 사이를 요리조리 지나다닌다. 구굴구구~ 산비둘기도 울고, 꽥 꽥~ 까투리도 합세한다. 숲의 하루는 이토록 명쾌하게 시작된다.

행여 그들의 향연에 방해꾼이 될세라, 서둘러 숲 밖으로 빠져나왔다. 인생의 숲으로 돌아가는 발걸음이 한결 가벼워졌다. 싱그러운 숲속의 이야기가 오래도록 함께할 것이다.

은행나무 아래에서

간밤에 내린 늦가을 비가 여기저기 비단길을 만들어 놓았다. 눈처럼 사뿐히 내렸을 테지만, 아마도 그 낙엽비 소리가 나를 깨웠나 보다. 일요일 아침, 창밖의 세계는 온통 동화나라 같다. 젖은 아스팔트 길 위에 노오란 은행잎이 켜켜이 쌓여 있다.

용문사 은행나무를 오늘 보러 가기로 한 것이 참 잘했다 싶다. 들뜬 내 마음을 알 리가 없는 남편의 행동이 무척 굼뜨게 느껴진다. 그래도 생각보다 그다지 늦지 않게 출발해서 다행이다. 차 한 대가 한참 동안 낙엽을 흩뿌리며 앞서간다. 차 지붕에 누워 있던 젖은 낙엽들이 햇볕을 받고 일어나는 순서대로 바람에 날린다.

열린 차창으로 날아든 은행잎 여남은 개를 가을 손님인 양 태우고 용문사 입구 주차장에 도착했다. 큰 나무들이 즐비하게 서 있는 산길을 올라 콧등에 땀이 날 즈음, 여유롭게 산천을 내려다보고 있는 웅장한 은행나무 한 그루가 시야에 들어왔다. 우리나라 천연기념물 30호, 62m 장신에 1100여 살의 나이를 자랑한다는 바로 그 나무이다.

보호망을 둘러쳐 놓았기 때문에 직접 재어 볼 수는 없지만, 둘레가 어림잡아 예닐곱 아름이 되고도 남음직하다. 사람 키 높이쯤에 링거 주머니를 매달고, 굵은 가지 몇 군데에는 수술한 흔적이 보이지만, 조금도 환자 같지가 않다.

창공을 향해 높이 솟은 네 줄기는 흡사, 네 마리의 용이 기운차게 승천하는 모습이다. 검고 굵은 줄기가 구불구불 굴곡져 있는 자태는 태곳적 신화를 말해 주듯 고고하다. 고개를 한껏 뒤로 젖히고 우듬지를 올려다보고 있자니 나무가 내 쪽으로 서서히 기울어지는 것 같다. 하얀 구름이 흘러감에 따른 착시현상이다. 해가 구름 무리에 가렸지만 초승달 모양만큼 한 자락이 보인다. 잠시 후엔 숨바꼭질하다가 들킨 아이처럼 화들짝 놀란 얼굴로 나타난다.

눈이 부시다. 은빛 햇살이 국내 은행나무 중 키가 가장 크다는 이 나무 꼭대기로 내리비칠 때, '우주의 세계로 통하는 길'을 뜻하는 만다라(曼茶羅)가 그려졌다. 어쩌면 이 나무는 그곳을 알고 있을지도 모른다. 깨달음의 경지에 이르러서 세상사에 걸림이 없을 적에 비로소 볼 수 있다는 그 길의 형상, 만다라. 이렇게 햇살이 우주로 통하는 길을 열어 주었을 때, 이 나무는 신성한 용의 모습으로 우주와 대화를 나누고 있는 것은 아닐까.

또한 까만 밤이 되면, 별들의 숨소리를 가깝게 들으며 지상에서 일어났던 일들을 얘기할 것만 같다. 우리 역사의 산 증인으로서 말이다. 신라 시대에 용문사 건립과 함께 이 땅에 뿌리를 내린 이후, 잦은 외적의 침입과 나라의 흥망성쇠를 묵묵히 지켜보았을 것이다. 역사의 비극 속에서 이곳 사찰이 적에 의해 소실될 적마다 이 나무만은 화를 면했다고 한다. 이러한 연유로 세종 재위 중, 정삼품보다 더 높은 당상 직첩(堂上職牒)을 하사받았다고 하니 명목(名木)이라 아니 할 수 없다.

밑동 부분에 있는 큰 혹과 유난히 울퉁불퉁한 줄기는 이 나무가 겪어 온 인고의 세월을 짐작하게 한다. 대춧빛 얼굴에 깊게 패인 주름과, 검고 거친 손등에 불룩불룩 튀어나온 혈관이 촌로(村老)의 고된 삶을 말해 주듯이. 나라에 큰일이 있을 때면 소리를 내어 변고를 알렸다는 기록이 보인다. 그 긴 세월 동안 맺힌 응어리들이 투시안이 되어 이런 전설이 가능했던 것은 아닐는지.

반세기도 채 못 산 나의 아둔함으로 어찌 11세기를 살아온 이 나무의 영험을 말할 수 있으랴. 태어났다 스러지는 인간의 일생이 찰나와 같음을 알고 있을 용문사 은행나무! 그는 또 아등바등, 좌충우돌하는 우리네 부끄러운 단면도 기억하고 있겠지. 모진 풍파 다 이겨 내고 천 년도 더 버텨온 강인한 생명력과 기개 앞에서 무언의 찬탄만이 있을 뿐이다.

불어온 바람 따라 은행나무가 흔들리고, 나도 흔들리고…. 갑작스런 소란 통에 꿈에서 깨어난 사람처럼 슬며시 주위를 둘러보니, 사람들이 떨어지는 은행잎을 앞다투어 잡으려고 야단들이다. 천 년 고목을 감싸고 있던 샛노란 은행잎이 한 줄기 바람에 금화처럼 뿌려지고 있다.

"은행잎이 땅에 떨어지기 전에 직접 잡아야 행운이 온대."

관광객들 중 누군가가 한 말이 사람들의 요행 심리를 부추긴 모양이다. 그들 속에 남편도 끼어 있다. 예상 항로를 벗어나며 불시착하는 나뭇잎 잡기란 쉽지 않은가 보다. 번번이 실패다. 도저히 안 되겠는지 아예 점퍼를 벗어 들고 은행잎 잡기에 나선다.

"작은 것밖에 못 잡았어."

말 그대로 작은 잎 하나를 겸연쩍어하며 내게 건넨다. 여느 은행잎의 반밖에 안 되는 크기이지만, 색이 더 진하고 도톰해서 실해 보인다.

나도 어느새 행운이라는 말에 이끌려 은행잎 잡기를 시도해 본다. 잡힐 듯하다가는 빠르게 내 팔의 반경을 벗어나 버린다. 바람이 다시 불기를 기다려 한 번 더 시도한다. 팔을 높이 휘저어도 그 많은 것 중에 하나도 안 잡힌다. 공중회전하며 천묘화(天妙華)다운 묘기를 부리니 그들의 행로를 도무지 종잡을 수가 없다. 자세를 낮춰 보았다. 빙글빙글 돌며 떨어지던 잎이 땅에 가까워지며 속도를 줄인다. 간신히 샛노란 잎 하나 잡는 데 성공이다. 은행나무가 꼬마둥이 우리들을 굽어보며 허허 웃는 것 같다.

천 년 고목 밑의 노란 낙엽 층을 뚫고 죽순처럼 돋아난 아기 은행나무들. 그들도 아직은 나처럼 만다라의 세계를 짐작조차 못하는 것일까. 어깨 위에 얹힌 낙엽 몇 개가 무거워서 끙끙대고 있다.

수락산 DJ

3년 전 어느 겨르로운 봄날이었다. 수락산에 올랐다가 하산하려는데, 어디선가 감미로운 선율이 바람결에 실려 왔다. 나도 모르게 그쪽으로 발길을 옮기며 음악의 진원지를 찾고 있었다. 소리가 가까워질수록, 언 몸을 녹이고 병아리 부리 같은 새싹을 틔워 내고 있는 나무들도, 음악에 취한 듯 한결 부드러워 보였다.

이 산 중턱쯤에 있는 '바위 밑 샘'은 산을 오르는 사람들이 숨 고르기를 하는 곳이다. 그곳 한쪽에서 산속 레코드 콘서트가 조촐하게 열리고 있었다. 손때가 묻은 전축이 007 가방 위에 놓였고, 등산 가방에 가득 담긴 LP판들은 떡갈나무에 기댄 채 차례를 기다리고 있었다. 그런데 DJ의 모습이 뜻밖이었다. '하얀 목련', '장밋빛 스카프' 같은 노래를 선정한 것으로 보아, 나이가 지긋한 음악 애호가일 줄 알았는데 그게 아니었다. 30대 초반쯤 되어 보이는 깔끔한 차림새의 남성이다.

아침 시간이라 그런지 등산객 대부분은 아줌마들이었다. 의아한 표정을 한 그들은 모자를 눌러쓰고 음악 감상에 빠져 있는 DJ를 힐끗 힐끗 쳐다보았다. 그러더니 수군대기 시작했다. 실연을 한 사람이라는 둥, 사업에 실패한 사람이라는 둥. 이런 사람들이 두어 차례 벤치에 앉았다 갈 동안, 나는 덤으로 얻은 이 기쁨을 여유롭게 누렸다. 어느새 보드라운 봄바람에 실린 노랫가락을 타고 추억 속으로 여행을 하고 있었다.

학창 시절에 가끔 친구와 함께 들르던 '음악 감상실'은 참으로 편안하고 가슴 설레던 곳이었다. 스마트 폰에 수백 곡을 담아 수시로 들을 수 있는 요즘 학생들은, 그 음악 감상실의 멋을 짐작하지 못하리라. 신청곡이 적힌 쪽지를 살며시 DJ 박스 안으로 밀어 넣으면 그 DJ, 싱긋 눈웃음을 보내며 엘비스 프레슬리 닮은 목소리로 곡을 소개해 주었다. 그런 날이면 불과 몇 곡의 음악에도 얽매인 생활의 답답함과 피로가 말끔히 가시곤 했었다.

그 후로도 가끔 가는 등산길에서 산속 DJ 신사를 몇 번 더 만났다. 그동안 그는 등산객들과 꽤나 친해진 것 같았다. 어떤 날은 자신의 음악회에 들른 손님들이 신청한 곡을 틀어 주며, 와인 한 잔씩 대접하기도 했다. 그해 가을에 나도 이 음악회 고객으로서 한 곡을 신청했다. 최성수의 '동행'을 들을 수 있겠느냐고 했더니 매우 미안해하면서, 그 곡이 수록된 판을 못 가지고 왔다고 했다. 2주쯤 뒤에 다시 산을 찾았다. 1주일에 두 번만 수락산 음악회를 한다고 했는데, 그날도 운 좋게 숲속 음악을 들을 수 있었다. 약수 한 바가지 들이켜고 멀찌감치 앉아서 쉬고 있노라니, "아직도 내게 슬픔이~ 우두커~니 남아 있어요~" '동행'이 흘러나오고 있었다. 내 신청곡인 줄 알고 있었구나. 잘 들었다고 인사를 건네자, 그는 빙그레 웃음으로 답을 했다.

겨울에는 LP판이 얼어서 불가능했지만, 봄·여름·가을에는 산속 음악회가 주기적으로 열려 등산이 한층 더 즐거웠다. 봄 햇살이 신록 숲 사이를 비집고 들어올 때 흥겨운 가락 하나를 만나면, 달뜬 기분에 콧노래를 흥얼거리며 하산하곤 했다. 한편 갈색으로 물든 나뭇잎이 스산한 바람에 맥없이 지는 날에 애잔한 가요 한 곡을 들으면, 나는 뜬금없이 센티멘털한 소녀가 되기도 했다.

그런데 올봄 들어 우리의 DJ 모습이 보이지 않는다. 내가 자주 오지 못해서 요일이 엇갈린 걸까, 산에 오를 때마다 음악 소리가 그리워진다. 지난 초겨울, 친절한 DJ는 음악회를 열던 벤치 옆 갈참나무에, '내년 봄에 더 좋은 모습으로 찾아뵙겠습니다.'라는 안내문까지 달아 놓았었는데 웬일일까. 직장 일이 바빠서 못 오는 걸까, 멀리 이사라도 간 걸까. 궁금하기 그지없었다.

숲속 음악이 새록새록 그리워질 즈음, 파주 헤이리 마을의 한 음악 감상실에 들렀다. 예전에 인기 DJ였던 H씨가 운영하는 곳이다. 친구 부부랑 우리 부부가 그곳으로 추억 나들이를 간 것이다. 찻잔을 마주하고 앉은 네 사람에게도 까만 교복이 어울리던 시절이 있었던가 싶게, 벌써 머리들이 희끗희끗하다. 신청곡을 적어 내려는데 클래식만 된단다. 이 일을 어쩌나. 비록 많지는 않았지만 즐겨 따라 부르던 클래식 곡들이 세월에 묻혀 버렸는지, 생각나는 것이 별로 없다. 더군다나 그날은 클래식을 듣고 싶은 마음이 아니었다. 일행 세 사람도 별반 다르지 않는 모양이다. 모두들 그곳 분위기에 공감하지 못하고 이내 나오고 말았다. 햇살이 엷게 번지는 창공에 산속 DJ가 자꾸만 어른거렸다.

짙은 녹음이 그늘을 두텁게 만들어 주는 여름 등산은 생명력이 넘쳐서 좋다. 녹색 터널로 이어진 산모롱이를 돌아서 내려가려는데, '바위 밑 샘' 쪽에서 노랫소리가 들린다. 예의 그 DJ가 돌아온 걸까? 나도 모르게 발걸음이 빨라졌다. 그런데 거기에는 노부부가 앉아 있었다. "콩밭~ 매~는 아낙네야, 베적삼이 흠뻑 젖는다. ~" 부인이 구성지게 피리를 불고, 남편은 나직한 목소리로 장단을 맞추며 따라 불렀다. 중학생 정도의 아들을 데리고 나타난 한 중년 부인은, 피리 소리에 빠져들어 넋 놓고 앉아 있다. 잠시 후, 피리 부부는 산 위로 올라가고, 모자(母子)는 하산 길로 접어든다. "칠갑산 산마루에~ 울어 주~던 산~새~소리만~" 아들과 같이 내려가던 부인이 목청을 시원스럽게 돋운다.

신사 DJ가 열어 주었던 산속 음악회는 예전의 그 전축 음으로 팍팍해진 가슴을 촉촉하게 적셔 주었다. 수락산 아래를 굽어보며 명상에 잠기곤 하던 우리의 DJ는, 고행하듯이 오랜 기간 소리 보시를 했던 것일까? 혹은 시간을 잃어버리며 살고 있는 사람들에게 여유 한 자락을 심어 주러 왔던 메신저는 아니었을까.

오늘도 나는 수락산 DJ가 그립다.

키울 수도 죽일 수도 없는

캄보디아 여행에서 마지막으로 들른 타프롬 사원의 폐허는, 불가
사의한 앙코르 유적군을 둘러보면서 들떠 있던 마음을 삽시간에 가
라앉혀 놓았다. 입구에서부터 널브러져 있는 유적 조각들을 보는 순
간, '신비의 나무 사원'이라고만 알고 왔던 나의 단순한 환상이 여지
없이 깨져 버렸다.

타프롬 사원은 앙코르 제국의 전성기를 구가했던 자야바르만 7세
가 어머니의 극락왕생을 위해 건축했다고 한다. 당시에 만 명이 넘는
성직자와 관리인들이 상주했을 정도로, 앙코르 유적지 중 규모가 가
장 컸다. 그러나 사원은 제국의 몰락으로 밀림에 방치되었고, 천 년
이 지난 후에야 발굴되었다. 그때 이미 이 유적지는 변종 뽕나무인
스펑(spung)나무로 뒤덮인 상태였다. 오백 년의 영화가 자연의 섭리
앞에 굴복당하고 만 것이다.

처음에는 한갓 어린 잡초에 지나지 않았을 스펑나무 싹이 이제는
여행객을 압도할 만큼 크게 자라서 사원을 장악하고 있다. 주객이

전도된 것이다. 사람들은 괴이한 나무 형태를 보고 감탄을 금치 못한다. 별칭조차 '나무 사원'이라 붙여 놓고 마냥 신비스러워한다. 혹자는 오히려 이 나무가 무너지는 사원을 지탱하고 있다고까지 말하기도 한다. 하지만 이를 어찌 그렇게 편한 시선으로 바라볼 수 있다는 말인가. 마치 일제 침략을 놓고 그들이 우리나라 현대화를 앞당겼다고, 되레 긍정적으로 평가하는 우민(愚民)을 마주하는 느낌이다. 분명한 것은, 나무가 자라야 할 곳이 아닌 위치에 뿌리를 내려 골칫덩어리가 되었다는 사실이다. 이들은 샴쌍둥이 신세가 되어 불편한 동거를 계속해야 하는 운명에 놓여 있다.

한 아름이나 되는 허연 곁뿌리가 담장을 타고 자라는 모습은, 마치 구렁이 무리가 욱시글거리며 담을 넘어가는 것 같아 소름이 돋았다. 또 어떤 나무는 사원 위에 올라타서, 계곡의 폭포 줄기가 얼어붙은 것처럼 층층이 뿌리를 내려 꼼짝 못하게 옥죄고 있다. 기중기로 건물을 들어 올리거나 거대한 로봇의 손이 찍어 누르는 것 같은 형상에서는, 공포 영화의 한 장면이 연상되어 나도 모르게 숨을 죽였다. 어느 곳은 나무가 아예 무지막지하게 입구까지 막아 버려서 출입이 어렵기도 했다. 구렁이가 똬리를 틀듯, 스펑나무가 사원을 휘감아 서서히 무너뜨리고 있다.

사람이 관리하지 않는 동안, 바람이나 새들로 인해 사원 곳곳에 안착한 작은 씨앗이, 싹을 틔워 장대한 스펑나무로 자라났다. 이 나무는 생명력이 탁월해서 약간의 물기만 있어도 문어발식으로 뿌리를 뻗어 영양을 섭취한다. 사암으로 만든 건축물이 제공해 주는 수분을 빨아먹고 급성장해서, 종국에는 유적지 파괴의 주범이 된 것이다. 나무를 잘라 내면 사원이 무너지고, 나무를 살려도 사원은 서서히 허물어지고 있으니 진퇴양난의 현실이다. 유엔은 선진국들을 동원하여 앙코르 유적지 복원에 주력하고 있으나, 타프롬 사원만은 현 상태를 유지하는 것으로 결론을 내렸다고 한다. 그래서 원내 모든 스펑나무는 일 년에 두 번씩 성장 억제제를 투여 받아서, 잎이 거의 없는 가사 상태에 빠져 있다. 그 결과 흰 뿌리가 더욱 두드러져 괴기스러운 기운마저 감돈다.

생텍쥐페리가 ≪어린 왕자≫에서 얘기했던 바오밥나무가 떠올랐다. 어린 왕자의 별에는 성가신 씨가 있었는데, 그게 바로 무섭게 성장하는 바오밥나무의 씨였다. 그 별나라 땅속은 이 나무의 씨앗 투성이었으니, 조금이라도 손을 늦게 쓰면 나중에 아무리 애를 써도 제거할 수가 없다고 했다. 금세 별을 온통 덮어 버리고, 마침내 그 뿌리가 구멍을 뚫기까지 한다니. 실제로 아프리카가 원산지인 바오밥나무의 생장력은 대단하다고 한다.

화근이 될 일은 애초에 막아야지, 나중에는 속수무책이 된다는 사실을 체험한 일이 있다. 부모님 산소의 잔디 사이에 섞여 있던 쑥 몇 포기를 대수롭지 않게 여겼던 것이 일을 크게 만들었다. 작년 한 해 동안 성묘를 게을리한 탓에 그야말로 쑥대밭이 되고 말았다. 놀란 형제들은 한식날 산소에 모여서 쑥을 캐내고자 애를 썼지만 불가항력이었다. 잔디 뿌리 사이에 제멋대로 뻗어 나간 쑥 뿌리를 어찌 다 없앨 수 있을까. 고심 끝에 내린 처방은 봉분을 제외한 주변에 제초

제를 사용하는 것이었다. 잔디는 살리고 나머지 잡초는 제거하는 약이라지만, 살포하고 돌아서는 마음은 몹시 무거웠다.

어린 자식의 잘못을 못 본 체 눈감아 주고, 이를 나무라던 주위 사람들에게 항변까지 하던 한 어머니가, 세월이 흐른 후에 땅을 치며 후회했다던 일을 기억한다. 아들은 습관이 되어 버린 비행을 자신도 감당하지 못하게 되자, 원망의 화살을 어머니에게 돌리고 패륜아를 자청했다. 종내 모자는 원수처럼 지내다가 자식이 절명해 버린 사건이었다. 자라서는 안 될 곳에 뿌리 내린 나무든 마음 밭에 키워서는 안 될 악행의 씨앗이든, 늦지 않게 손을 대지 않으면 불행을 불러온다는 이치를 우리는 너무 쉽게 잊고 사는 것 같다.

사회의 유명 인사나 존경하고 싶었던 사람들이 저지르는 비윤리적 행동 때문에 심각한 박탈감을 느낄 때가 있다. 노블레스 오블리주는 커녕 보통 사람들의 윤리 기준에도 미치지 못하는 인간성에 실망하곤 한다. 정체성과 도덕성의 부재가 몰고 오는 파장은 일파만파로 번져서 그 끝을 가늠하기조차 힘이 든다. 왜 도덕 불감증이 만연한 시대가 되었는지, 어디서부터 잘못되었는지 되짚어 봐야 할 일이다.

땅거미 속으로 잠겨 드는 사원을 뒤로 하고 갈 길을 재촉했지만, 꿈을 꾸듯 제자리걸음이었다. 나무들이 내뿜는 냉기에 온몸이 얼어버린 듯. 인생이란 끝없이 자라는 잡초를 뽑는 것과 같다고 했다. 뽑아야 할 시기를 놓치고 나면, 타프롬 사원처럼 애증으로 얽인 공동운명체로 살아가야만 한다는 사실이 명치끝에 묵직하니 올라앉는다.

나목(裸木) 숲에 들다

고요하다. 바람 소리도 새들의 지저귐도 멈추었다. 돌돌거리며 흘러내리던 계곡물마저 두터운 얼음장 밑으로 숨어 버렸다. 적막의 세계이다. 여기, 나도 한 그루 나목이 되어 소리 없는 소리에 귀를 쫑그린다.

겨울 산행은 설경이 주는 환희로움도 좋지만, 나목들과의 만남에 대한 기대가 나를 더욱 설레게 한다. 그들의 일원이 되어 오롯이 나 자신과 만날 수 있는 시간이다. 겨울바람에 잎과 열매를 미련 없이 떨쳐 버리고 빈 가지만 남은 나무들. 나도 가식이나 체면을 모두 내려놓고 그들 앞에 홀연히 마주 선다. 세속적인 관계에서 벗어날 힘을 얻고, 현란함으로 얼룩진 눈과 귀도 절로 씻긴다. 내 안이 맑아짐을 느끼는 순간, 기쁨의 물결이 출렁인다.

진달래는 구불구불한 잔가지를 사방으로 뻗치고 있다. 이른 봄날, 잿빛으로 뒤덮인 산에 분홍 나비 떼로 내려앉을, 진달래 꽃자리를 마련하기 위한 준비 행위이다. 어린 때죽나무는 비닐이나 유지(油紙)

가 강풍에 날아가 버린 대나무 우산살 같다. 하굣길에 살만 남은 우산대를 잡고, 울상 짓던 내 모습이 떠올라 웃음이 나온다. 국수처럼 가느다란 가지로 겨울을 나야 하는 국수나무는 볼 때마다 안쓰러운 마음을 지울 수가 없다. 저 가녀린 가지마다 새잎이 새록새록 돋아나길 소망해 본다.

이런 키 작은 나무들을 뒤로 하고 밤나무, 갈참나무들이 주종을 이루는 수락산 노원 골 '명상의 숲'으로 들어선다. 겨울철에는 사람들 발길이 뜸한 곳이다. 산속에 나 혼자라는 생각이 들자 갑자기 숙연해진다. 나를 내려다보고 있는 나무들, 창공에 우뚝 선 그 나무들을 쳐다보고 있는 나. 큰 가지, 작은 가지가 여럿 부러져 있다. 얼굴만 한 옹이, 주먹만 한 옹이도 여기저기 보인다. 지나온 세월이 평탄치 않았음을 짐작할 수 있다. 저런 상처가 생길 적에는 눈에 불이 번쩍, 할 정도로 아팠으리라. 그러나 다치고 아물리면서 사는 것이 우리네 일생이라는 것을 맨몸으로 보여 주고 있다. 한 아름드리나무는 자잘한 버섯이 백태처럼 낀 걸 보니 고사목이 분명한데, 산 나무들과 더불어 나목 숲을 이루었다. 숨기고 싶은 상처까지 훤히 드러내 놓은 나목들 앞에 선 나는, 얼마만큼 진솔한 삶을 살고 있는 것일까.

얼마 전 강원도 여행길에 들렀던, 눈 속의 자작나무 숲길은 '떨림'의 연속이었다. 순백의 나신(裸身)들이 눈 세상을 사뿐히 밟고 서 있는 모습이란, 설국의 정령들이 일제히 몰려나와 도열해 있는 것만 같았다. 수피가 하얗다 못해 은빛을 발하는 나무, 백화(白樺). 때 묻은 감정을 거르고 걸러서, 더 이상 걸러낼 것이 없도록 해맑아진 순

수의 세계. 구름에 가렸던 황금빛 햇살이 〈닥터 지바고〉의 주제곡인
양, 자작나무 사이사이로 흘러내렸다. 침묵에도 색깔이 있다면 아마
도 짙은 회색일 거라고 생각해 왔는데, 그때 처음으로 하얀 침묵도
있다는 것을 알게 되었다. 성장을 위해서는 북풍한설에도 기꺼이 하
얀 속살을 내놓고야마는 의연함이, 하얗게 결기(決起)한 서릿발 같았
다.

그래서 시인 백석은 객지에서의 고단함을 나목으로 위로 받았던
가. 그는 〈남신의주 유동 박시봉방(南新義州 柳洞 朴時逢方)〉에서

'먼 산 뒷옆에 바우 섶에 따로 외로이 서서, 어두어오는데 하이야니 눈을
맞을, 그 마른 잎새에는 쌀랑쌀랑 소리도 내며 눈을 맞을, 드물다는 굳고
정한 갈매나무라는 나무를 생각하는 것이었다.'

고 노래했다. 시인은 '갈매나무'처럼 현실의 아픔을 정직하게 받아들
이고, 그것을 깊이 되새기며 슬기롭게 극복하고자 하는 삶의 자세를
보여 준 것이다.

활엽수들 틈에 호리호리한 소나무 한 그루가 끼어 있다. 쓰러지지
않고 곧추 서 있는 게 장할 지경이다. 이 소나무는 겨울을 얼마나
기다렸을까. 다른 나무들 잎이 무성할 때는 햇볕도 쬐지 못했으리라.
그래도 죽자 사자 키를 키워 낸 덕분에 이나마도 살아 있는 게 아닌
가. 소나무에게 햇볕 쬐일 공간을 양보해 주고, 알몸으로 한파를 견
디는 나목들이 성자 같다.

나무들 품안에 안겨서 투명해져 가는 나를 발견하는 시간이 참으로 좋다. 살다 보면 가끔, 의식이 무의식에 지배당하여 머릿속이 헝클어져 버릴 때가 있다. 나름대로 정리되었던 아쉬운 일이나 서운한 일들이 고개를 치켜들고, 내려놓았던 욕망이 다시금 손아귀에 쥐어 들고…. 세상에서 가장 먼 거리는 머리와 가슴 간의 거리라고 했다. 머리와 가슴이 일치하지 않을 때, 어느 것을 따라야 옳은 건지 판단이 어려운 경우가 있다. 흔히들 가슴을 따르는 것이 인간답다고 여기지만, 때로는 그것이 무책임을 불러들여 난처한 상황으로 몰고 가기도 한다. 어쩌면, 머리와 가슴을 일치시켜 가는 과정이 인생인지도 모를 일이다.

어디서 날아왔는지 박새 한 마리가 정적을 깬다. 떡갈나무 낮은 가지에 내려앉아서 개나리 꽃잎 같은 입을 한껏 벌리고, "쥬쥬 치이 치이" 하며 목청을 높인다. 검은 머리, 하얀 뺨이 제법 멋스러워 보인다. 그 녀석은 무단 침입자가 있는 걸 모르는지 도망갈 기미가 없다. 혹여나 미동도 하지 않는 내가 나목으로 보인 걸까? 그렇담, 더없이 고마운 일이지.

인간적인 순례자의 숲길 대화

─장연옥님의 첫 수필집을 읽고

이 명 재

(문학평론가, 중앙대 명예교수)

장연옥(張姸玉)의 첫 수필집 ≪길손의 숲길 대화≫를 통독하고 이 글을 준비하면서 필자는 새삼스레 여러 선인들의 지혜로운 언어들을 떠올렸다. 글로써 벗들이 모이고 그 벗들이 서로 부족함을 채운다(以文會友 以友輔仁)는 증자 이야기만이 아니다. 인간은 사회생활에서 관계가 중요하다는 맹자의 말씀과, 우리 삶은 만남이란 한스 카로사의 견해 등이 산뜻한 의미로 다가든다. 지은이와 더불어 필자는 실로 강산도 변하고 남을 세월 동안, 글을 읽고 쓰는 이음새문학 모임에서 꾸준하게 만나왔다. 흔히 길 가는 나그네끼리 어깨를 스침도 5백겁의 인연이라는 불가의 범망경에 의하면, 우리 문우들은 수천겁의 선근 인연이 아닐 수 없다.

그러기에 그동안 숱한 내공을 쌓고 드디어 선보이는 장연옥 수필가의 사화집 출간을 축하하는 마음 그지없다. 평소 조신한 주부로서 자녀들을 키우고 학업까지 마친 다음, 진갑 나이테에 펴내는 사화집이니 그 의미는 더 깊다. 일찍이 박물학자였던 뷰퐁도 '글은 곧 사람'이라고 설파했듯 지은이의 삶과 문학을 연결하면서 생각해 본다. 따라서 모처럼 등단 15년 만의 작품에 걸친 장연옥 문학세계 전반에 관해서 논의해 본다. 과연 등단 입지의 나이에 펴낸 작가의 문학적 원형질과 지향점은 무엇일까?

수필집 ≪길손의 숲길 대화≫에는 장연옥님이 등단한 2005년 이후 발표한, 모두 47편의 주옥편으로 이루어졌다. 내용은 대체로 다섯 개의 묶음으로 정리하고 있어, 소재와 제재는 물론 테마상의 다양성을 드러낸다. 1묶음은 원초적인 혈연조직인 가정에 상관된 꼭지들이며, 2묶음은 국내 여행과 국외에 걸친 문화탐방으로써 공간적인 영역확대가 눈에 띈다. 이에 비해서 3묶음은 주제 면에서 사색적인 길의 모색과 회상으로 앞의 국내외 나들이에 이어진 순례 성향을 띠고 있다. 그리고 4꼭지는 일상의 삶에서 갖는 벗들과의 우정이나 친인척 사이의 우애를 다루고 있으며, 5꼭지는 등산과 여행 등으로 답사한 자연과의 교감과 인간적인 대화에 상관된 글들이다.

전통 정서의 세계

장연옥의 수필문학 원형질을 이룬 특성은 한국적인 전통 정서에 뿌리를 두고 있다는 점이다. 본디 시골 농촌 가정에서 태어나 자란데다, 우리 문화와 전통에 긍지와 사랑을 지니고 있는 작가의식과도 상통하는 면이다. 근래 서양 문화의 세례를 받고 국적 없는 풍조에 젖은 요즘의 세태에 비하면 매우 바람직한 일이다.

등단작인 〈아버지의 지게〉를 비롯한 초기 2천 년대 즉, 40대 중후반 무렵의 작품들은 우리 전통문화나 한국 정서를 즐겨 담아내고 있다. 시골 농촌에서 늘그막에 얻은 딸을 위해 농사일에 매달리는 부친의 모습을 진솔하게 그려, 가슴 뭉클한 감동을 준다. 오일장에 나온 길에 학교로 찾아와 늦둥이를 끌어안고 어루만지는 장면은 인상적이다.

"너거 할배가 저어기서 니 찾는데이."
동무가 가리켜 준 쪽으로 달음박질쳐 달려가면, 갓 쓰고 두루마기 입으신 아버지가 마르고 긴 얼굴에 씽긋, 주름살 몇 개 더 그으며 두 팔을 활짝 벌리신다. 젊었을 때 고단한 삶을 살아오신 탓에, 일찍이 해수병(咳嗽病)으로 고생이 심했다. 아버지가 줄기침을 하시면 내 몸까지 오그라들곤 했다. 그런 몸을 이끌고 십 리 길을 걸어 학교 근처의 오일장에 나오신 것이다. 하얀 모시 한복과 대비되는 거칠고 큰 손으로, 주머니를 뒤적여 찾아낸 오 원짜리 종이돈 한 장.

"우리 강아지 배고푸면 이걸로 과자 사먹거래이."

지금도 아버지를 생각하면 으레, 지게 짐을 진 구부정한 모습이 떠오른다. 아버지의 큰 키에 맞춘 길쭉한 지게는 오랜 세월 동안 주인의 손때가 묻어 반들반들했었다. 결국 그 지게에 실은 아버지의 고생이 나를 키워 낸 것이나 다름없다.　　　　　　　　　　　　　　　　 -〈아버지의 지게〉에서

102세까지 천수를 누리고 돌아가신 모친을 자모사(慈母詞)처럼 기린 〈어머니의 여행 준비〉 또한 마찬가지이다. '내가 웬 명(命)을 이래 길게 받았을꼬. 니들 신경 안 쓰게 이제는 네 아배 곁으로 가야제.'로 시작되는 내용은 그대로 한국의 전형적인 어머니상으로 각인된다.

어머니는 쉰이 다 되어 나를 낳으셨다. 그리고는 홍역을 앓느라 눈만 빠끔히 남을 정도로 열꽃이 심한 나를 안고 살려달라고, 삼신할머니께 빌고 또 빌었단다. 경기(驚氣)하는 나를 들쳐 업고 어두운 논두렁길을 가로질러 십여 리 밖에 있는 의원 댁으로 내달리신 일도 여러 번이라고 했다. 그런 애물단지

가 조금 자라자 그제는 또, 부모를 일찍 여의면 불쌍한 아이가 될까 봐 노심 초사했단다. 내가 결혼할 나이가 되어서는 막내딸 출가도 못 시키고 죽으면 어찌하느냐고 애를 태우시더니, 이제는 우리 큰아이가 대학을 졸업하자 외손녀 결혼식마저 보고 가는 게 아니냐며 농담까지 하신다.

−〈어머니의 여행 준비〉에서

이런 우리의 전통 정서 찾기는 시골 마을의 하얀 박꽃과 무명옷을 입은 부모님이 논밭에서 일하던 모습을 느끼게 한 〈고향을 만나다〉에서도 계속된다. 도시의 일상에서 벗어나 충남 아산에 자리한 민속 마을을 독서 회원들과 함께 찾은 이야기이다.

이따금 잃어버린 고향에 대한 상실감이 하루 일과의 고단함보다 더 힘들 때도 있다. 내 고향은 아니었지만, 내가 그토록 그리워하던 고향의 품안에 안긴 듯, 편안하고 정겨운 하룻밤을 보낸 곳이 있다. 독서 모임인 '맑은 향기' 회원들과 함께 간 '외암리 민속 마을'에서였다.

−〈고향을 만나다〉 서두 부분에서.

뿐만 아니라 장 수필가 부부와 상관된 〈연리지 사랑〉 경우도 포함된다. 당나라 시인 백거이가 〈장한가〉에서 형상화한 남녀 간의 비익조와 연리지 이야기는 우리의 전통문화에 깊이 뿌리내리고 있는 것이다. 수필가 스스로 쓴 그 통과의례적인 발상과 부부 사랑의 자평적인 글은 전통문화 의식에 말미암은 소산물이기 때문이다.

이밖에 우리의 전통 정서는 장연옥 수필가가 주로 등단 초기에 다룬 시골 풍경과 친인척들, 입맛 등에 회상의 미학으로 활용되고 있다. 동서 간의 정을 누구보다 융숭하게 챙겨 주는 큰형님의 〈토종닭에서 쏟아진 보물〉 뿐만이 아니다. 설날 큰집에 들를 적마다 그 큰형님이 아랫동서가 어릴 적부터 입맛에 길들여진 음식을 실컷 먹고 가져가도록 장만해 준 〈안동식혜를 먹으며〉 이야기가 더해지는 것이다.

순례자적인 여정과 길 찾기

장연옥의 다음 특성은 순례자적인 나그네로서 국내외 여행을 통해 이방문화지대를 탐방하고 인생의 길을 사색적으로 모색한다는 점이다. 《길손의 숲길 대화》라는 표제부터 길 찾기와 나들이 이미지를 담고 있다. 국내외 여행은 대체로 자녀들을 대학까지 졸업시킨 후의 일이다. 20여 년 동안 논술 강의를 하며 자신도 만학을 이룬 후, 문단에 올라 활동하는 당사자의 노력이 뒷받침된 일이다. 이번 수필집에 실린 국내외 여행 분포만 보아도 그의 나들이는 2천 년대 이후 잦은 현상으로 드러난다. 총 47편의 대상 작품 가운데 국내 여행 13편 국외 여행 12편을 합하면, 전체 수필작품의 태반이 국내외 나들이로 이루어져 있다. 이런 공간적인 제재를 통한 작가의 접근 노력은, 장연옥 문학의 성숙을 향한 개척 과정이면서 한국수필의 영역 확대 작업이기도 하다.

일찍이 조선조의 박지원(1737~1805)은 43세 때, 청나라 열하와 북경 일대를 다녀와서 빛나는 한문 기행문인 ≪熱河日記≫를 쓴 것으로 유명하다. 거의 동시대의 괴테(1749~1832)는 바이마르 공화국의 요직에 있던 37세에, 장기 휴가를 내서 3년 동안 이태리 로마 등을 문화탐방 하던 중에 거듭난 문학 성숙의 계기를 이룩했다. 동화작가인 안데르센(1805~1875)도 무명시절부터 국내외를 여행하면서 넓은 견문을 쌓아 '여행은 인생을 젊어지게 하는 샘물'이라며 성숙해 왔음이 참고 된다.

이런 장연옥의 나라 안팎을 향한 나들이 행각은 일상적인 서울의 아파트 공간에서 탈피하여, 원초적인 대자연을 호흡하거나 이방문화를 탐색하는 여정이기도 하다. 결코 낭만적인 사치에서가 아닌, 일종의 구도자적 현대 지성의 유목민 행각이랄까. 〈시베리아에서 열차를 타고〉에서는 2층짜리 대륙 간 횡단열차를 타고 북방 정취를 만끽한다.

브리야트 공화국의 주도인 울란우데에서의 일정은 그곳 국립대학 동양학부 다리마 교수가 가이드를 맡아 여유롭고도 알찼다고 마무리한다. '해안가 같은 호숫가에서 바이칼과 작별 인사를 했다. 푸르고 투명한 눈빛, 넓은 품으로 이방인을 달갑게 맞아 주었던 호수의 넉넉함을, 오래도록 잊지 못할 것만 같다.'

아직 바이칼 호수에 여행 가지 못한 독자들에게는 여간 신선한 견문 정보가 아닐 수 없다. 더구나 러시아 여름철 여행기인 〈바이칼 호수의 심장, 알혼섬이여〉는 과연 '태초의 신비가 묻혀 있는 섬'다운 분위기의 울림으로 가슴에 와닿는다.

시베리아의 푸른 눈이라 불리는 이 호수는 세계 최대 담수호로 경상남북도를 합친 면적과 맞먹는다. 전 세계 인구가 이 호숫가에 모여도 40년간 식수 걱정은 할 필요가 없다니, …… 이 호수와 주변에는 2,600여 종의 동물이 살고 있다고 한다. 이 중 80%가 다른 지역에는 없는 희귀종이라고…

— 〈바이칼 호수의 심장, 알혼섬이여〉에서

이들 작품에 비해서 흔히 접하는 미국의 대도시나 근교의 풍물을 스케치한 수필들은 인디언의 역사와 현황이 참고가 되고 있다. 〈태평양 건너 그곳에는〉 경우, 미국 샌프란시스코 인근으로 이민 가서 사는 여학교 동창을 만난 내용들이다. 〈아메리칸 인디언〉은 말 그대로 근래 아메리카 인디언 보호 구역에 모여 사는 그들 처지를 살펴본 것이다.

그런가하면 〈가깝고도 먼 나라, 일본〉은 작은 교토라는 가나자와 시 지방을 여행하는 도중, 현지의 윤봉길 의사 기념비에 참배한 이야기이다. 〈일본의 알프스를 누비다〉 역시 이웃 나라인 일본의 3대 명산이라는 다테야마 연봉에 등반했던 체험기이다.

국내 여행의 경우는 다음의 일부 작품들처럼 더 아기자기한 내용을 이루고 있음은 물론이다. 〈탐매 여행〉은 이른 봄철에 순천 선암사를 찾아 품격 높은 300살 넘은 선암매(仙巖梅)들과의 만남을 밀도감 짙은 문장으로 적고 있다. 이밖에 장항선 무창포에서의 한여름 밤글 품평회 일정을 정리한 〈'이음새'의 하계 여행〉 등, 국내 여행은 앞에서 제시한 바처럼 12편의 외국 여행보다 더 많지만 중복되므로 접어둔다.

그런데 이번 수필집에서는 ≪길손의 숲길 대화≫라는 제목에서처럼, 2010년 이후 주제 면에서 특히 인간의 길에 대한 모색 양상을 띠고 있어 눈길을 끈다. 2천 년대 초반 무렵 어릴 적의 시골 정경 등을 회상하는 서정적인 세계에서 벗어나 국내외를 순례하며 길에 대한 의미를 되뇌곤 한다. 이전의 몽테뉴적인 수필에서 보다 사색적으로 베이컨적인 에세이를 지향하고 있다. 단조로운 시골 추억과 농촌 정경보다 인간으로서의 방향을 점검하고, 바람직한 길을 모색하려는 창의적 지성을 드러낸 것이다.

〈유년의 기억, 하얀 길〉에서는 어릴 적 시골에서 걸었던 여러 길을 든다. 평탄한 길이나 지름길을 두고도 한길보다 뒤안길이나 오솔길, 후밋길을 걷고자 하는 경우들에서 인생의 교훈을 얻었다고 적는다.

먼 길이어서 동무들과 함께한 시간은 길었고, 자연과 교감하는 시간도 많았다. 그리고 길은 으레 좁은 길, 굽은 길이라 인식되었던 어린 날이 있었기에, 내 인생길이 탄탄대로가 아니어도 쉬이 절망하는 어리석음을 면할 수 있었던 것은 아닌지. 벼룻길조차도 얼룩지지 않은 하얀색으로 남아 있는 내 유년의 뽀얀 기억이여! 　　　　　　　　　　－〈유년의 기억, 하얀 길〉에서

이어서 장연옥은 어릴 적 학교에 다니며 굽어 돌아가던 에움길, 강가의 벼랑으로 나 있는 벼룻길 등을 인생과 연결한다. 그리고 〈흐르는 강물처럼〉 부분에서는 헤르만 헤세의 소설이나 아우렐리우스 같은 옛 지성을 들며 영혼과 만나는 자세를 보인다.

아우렐리우스는 "내 영혼보다 더 조용하고 평온한 은신처는 없다."고 말했다. 한없이 낮은 데로 흐르는 강물처럼 하심(下心)을 지닌 채, 행복과 불행의 경계도 무화시키며 잠잠히 '흐름'에 충실할 일이다. 또한, 자주 내면의 소리에 귀를 기울이는 습성으로 맞춤한 길 하나 내어, 영혼과 자주 만나는 시간을 가져야겠다. ─〈흐르는 강물처럼〉에서

친구와 백운산 정상에 올랐다가 밤늦도록 길을 잃고 헤맨 체험을 인생과 비유한 〈선택의 길〉 부분에서 깊은 의미를 전해 준다. '괴테는 ≪파우스트≫에서 말했다. 인간은 노력하는 한, 길을 잃고 헤매기 마련이라고. 이는 인간의 삶이란 원초적으로 번민과 방황을 동반하는 것임을 알려 주고 있는 것이다.'

〈협곡에 서다〉에서는 삼복더위에 동양의 그랜드캐니언이라는 중국의 거대한 태항산 협곡 트레킹 중에, 왕망령에서 만난 꽃길을 두고 장연옥 스스로 다음과 같이 마무리한다. '과연 내 인생의 꽃길은 언제였을까. 그런 길이 있기나 했을까? …… 어릴 적, 이슬 젖은 길섶 풀들을 걷어차며 새벽길을 걸었을 때보다도 더욱 충만한 가슴이다.'

하지만 가상할 만큼 순례자적인 나그네의 골똘한 사색과 발품 노력에도 그 길은 쉽게 풀리거나 끝나지 않게 마련이다. 길의 속성은 원래그 구분과 성격, 지향 방법에 따라서 다양한 실체를 지녔기에 그렇다. 인생의 길 찾기는 순례자처럼 계속되는 과정이기에, 깨달음의 경지는 앞으로도 계속 추구할 지적 사색의 값진 과제로 남는다. 벅찬 과제에 진지하게 천착한 작가의 노고에 경의를 표하며, 이젠 고된 길 찾기에

서 벗어났으면 한다.

자연과의 교감과 친화적인 행보

장연옥 수필문학의 다음 특성으로는 자연과 교감하고 친화하는 자세로서 녹색의 환경 문제를 지향하고 있다는 점이다. 집 근처의 수락산에 자주 오르고 나그네로서 틈틈이 등산 다니며, 외국 트레킹도 가져 기행수필들로 발표한다.

〈나목 숲에 들다〉에서는 백석의 시를 곁들여 작가 자신이 한겨울에 강원도의 나무들 품안에 안겨서 투명해져 가는 자아를 느끼게 한다. 러시아 기행 가운데 336개의 강 가운데서 바이칼 호수 밖으로 단 하나 흐르는 강을 다룬 〈앙가라 강가에서〉의 반야체험을 하는 경우와 대비된다 할까.

〈숲에서 삶을 배운다〉에서도 작가 자신이 봄 마중 간 선암사에서 조계산의 편백나무 숲에 들어 대자연이나 사물들과의 교감 경지를 보여 준다.

어렸을 적, 숲은 그저 그늘을 만들어 주는 곳, 그래서 늘 청회색으로 기억되는 공간이었다. 스쳐 지나가거나 동무들과 술래잡기하느라 발 빠르게 뛰어다니던 놀이터이기도 했다. 그런 숲이 언제부터인가 나만의 영역으로 자리 잡기 시작했다. 새들처럼 고단한 날갯짓을 멈출 수 있는 쉼터가 되어 주는 것이다.   −〈숲에서 삶을 배운다〉 서두에서

〈겨울 산이 들려준 말〉에서도 '산은 고향이고 어머니 같아 나를 부르는 것 같다'는 작가 스스로의 체험과 함께한다. 불자인 작가답게 법정 스님과 김수환 추기경의 구도적 삶의 지혜도 보여 준다. 여기에다 나옹 선사의 시 활용 또한 안성맞춤으로 다가든다. '청산은 나를 보고 말없이 살라 하고 …… 물처럼 바람처럼 살다 가라 하네.'

〈은행나무 아래에서〉 경우는 위와 다르게 당상 직첩이라는 정삼품보다 위의 벼슬 대접을 받은 용문사 은행나무를 다룬다. 무려 11세기 동안을 버티며 움 틔우고 살아온 나무는, 백년도 못 사는 인간에게 자연환경이나 생명의 존엄을 깨우쳐 준다.

〈탐매 여행〉에서 또한 순천 선암매와의 만남을 통해서 대화하고 자연 친화적 성향을 보인다. 목은 이색의 시조로 시작해서 단원 김홍도의 솜씨까지 곁들여 입체적인 미학이 이뤄져 있다. 3백 살부터 6백 살짜리 홍매와 백매화들과의 대화나 교감이 실감 난다. 달밤에 인간과 매화가 천지인(天地人) 삼위일체로 합일된 경지이다.

바람결에 실려 오는 매향에 취하여 저절로 눈이 감긴다. 문향(聞香)! 그래, 매향을 들어보자. 쉬익 쉭~, 매서운 눈보라 휘몰아치는 소리가 귓가를 울린다. 노쇠한 매화나무가 그윽한 눈빛과 지그시 다문 입으로 침묵의 언어를 들려줄 뿐이다. 100년도 살지 못하는 인간이 어찌 수 세기나 살아온 고매의 인고를 말할 수 있으랴. 진기가 다 빠진 늙은 몸으로 지난겨울 혹한을 어떻게 견뎌 왔는지. 아름다운 꽃과 농익은 향은 거센 비바람과 굶주림, 외로움을 참아 낸 흔적이리라. 장하고 고맙구나.

고개를 들어보니 상현달이 조계산 위, 검푸른 하늘에 하얗게 걸려 있다. 현재(玄齋) 심사정이 〈梅月滿庭〉을 그릴 때도 이런 기분이었을까. 단원 김 홍도가 그린 〈白梅〉 한 떨기는 또 어떻고.　　　　-〈탐매 여행〉에서

요즘 첨단의 영상물에서는 도저히 불가능한 촉각과 체취까지를 장 수필가는 글로써 생생하게 그려내고 있는 것이다.

장연옥 수필가는 〈포용의 세계, 우포늪〉에서 적요할 만큼 신비한 신새벽을 맞으며 새롭게 깨닫는다. 우포늪은 무엇이든 삼키고 마는 혼동의 공간이 아니었음을.

늪은 무한한 생명의 터전으로 한량없는 포용을 실천하는 긍정의 장소였 다. 무엇이든 삼키고 또 삼키지만, 심지어 하늘마저 삼켜 버리지만, 그 행위 는 이타적인 몸짓이었다. 모든 걸 다 수용하여 포근하게 보듬어 주는 어머니 와도 같은 존재이다.　　　　-〈포용의 세계, 우포늪〉에서

휴머니티 짙은 우정과 사랑

장연옥 수필문학의 주제는 궁극적으로 휴머니티 지향의 우정과 진 실한 사랑이라는 점이다. 연로한 부모님의 늦둥이로 태어난 막내딸 을 아끼는 어른에 대한 갸륵한 효심은 앞에서 살폈듯 진한 울림을 준다. 〈아버지의 지게〉에서는 여느 숙녀들이라면 으레 창피하다며 자기의 비밀 창고에만 간직하고 숨길 사실을, 진솔하게 속속들이 밝

혀서 수필 미학의 진미를 살린 셈이다.

또한 〈미안, 미안해요〉 경우는 언니 둘, 오빠 둘을 둔 다섯 남매 가운데 귀염둥이 막내로서 철부지 때 저지른 일에 애교 있게 사과하는 마음씨가 가상하다. 특히 일곱 살 위의 언니에게 생떼 부리고 투정하여, 울리고 속상하게 했던 일을 이제는 면죄부까지 주려 하는 마음 씀씀이가 미소를 머금게 한다. 이어서 본의 아니게 불행한 일을 당하게 됐던 진돗개에 대한 연민과 반성이 눈길을 모은다. 노량진 언덕배기 한옥에서 아이 둘을 키우며 데면데면하게 대했던 녀석이, 다소의 잡도리를 당한 끝에 집을 나간 뒤 교통사고로 희생되었다는 소식을 전해 듣고서였다.

그런가 하면 〈염천에 너를 보내고〉에서는 암 투병을 하던 중, 53세에 먼저 간 벗의 죽음을 조상하는 우정이 간절하여 심금을 울린다.

> 53세의 나이에 영정으로 우리를 맞이하는 네 모습은 너무 젊고 예뻐서 도저히 어울리지 않았다. 오열하는 가족 친지들, 청천벽력 같은 네 소식을 듣고 멀리서 단걸음에 달려온 친구들의 아픈 울음을 어찌 다 감당하였느냐. …… 이제는 부디 아픔 없는 곳에서, 모든 짐작 내려놓고 평안하기를 두 손 모아 기도한다. 친구야!   −〈염천에 너를 보내고〉에서

역시 짙은 우정을 담은 〈낙엽비 속에 너의 모습이〉에서는 수락산 정상에 올라 어려움을 당한 친구를 아끼는 생각이 자별하다. 낙엽이 가을비 되어 내리는 숲길에서 위로의 메시지를 띄운다. 너무나 성실

하게 살아왔지만, 평소 믿었던 배우자의 배신에 마음 아파하는 벗에게 용기와 위안을 주는 것이다.

끝으로 관심을 끄는 것은 〈한 치 앞에〉에 등장하는 불우한 두 노파의 삶에 관한 연민과 동정이다. 조용하되 독실한 불자인 장연옥 스스로 찾아간 낙산사 템플스테이에서 하소연하듯 나눈 대화가 그 하나이다. 자식들을 학원가로 실어 나른 덕에 의사 큰아들, 줄리아드 음대 출신 딸, 교수부부 작은아들을 두고도, 재산을 노린 데다 정 붙일 곳 없는 처지에 여러 약을 복용하는 할머니. 다른 한 분은 회갑을 넘은 나이에 고혈압으로 쓰러진 뒤, 수락산 밑으로 이사 온 아주머니에 대한 관심이 주목된다.

장연옥은 이처럼 거창하게 인류를 구제한다거나 나라를 위해 투사처럼 나서서 목숨을 거는 휴머니즘을 외치기보다, 소소한 휴머니티를 챙긴다. 그리고 흔히 볼 수 있는 에로스적인 사랑을 넘어 어버이에 대한 아가페적인 사랑과, 형제자매나 인척을 향한 스토르게적인 우애가 끈끈할 만큼 각별하다. 더욱이 친구들과의 우정에 상관된 필리아적 사랑이 짙어 보인다. 그런데 장연옥에게 돋보이는 연민이나 동정은 위 네 가지에 버금가는 요소이다.

다채로운 정보, 새 문장 기법

장연옥 수필의 나머지 특성으로서는 글감 정보의 폭이 넓고 유연한 문장의 기법이 효율적이라는 점이다. 그 가운데서 두드러진 몇 가지만 간추려 본다.

　우선 동서고금의 명작을 비롯해서 현대 사회나 과학에 이르도록 넓은 지식과 시각의 폭을 공유하게 된다. 이런 지적 정보를 유연한 감성에 조화시킨 글로서 매력을 지닌다. 〈나의 행복지수는?〉에선 세네카를 곁들여 영국 심리학자들의 통계 지수를 활용한다. 또한 〈흐르는 강물처럼〉에서는 강물을 통해 헤르만 헤세의 '싯다르타'나 아우텔리우스와 연결한 인생론을 편다. 〈탐매 여행〉에선 목은의 시조, 김홍도, 심사정의 그림을 다룬다. 〈딸들과 손을 잡고〉에서도 이제 혼인해서 떠날 딸이랑 세 모녀가 기념 삼아 국외를 다녀온 기행문도, 엘리자베스 토마스가 말했던 한 마디로 글의 품격을 살리고 있다. '남자가 위대하다면 여자는 거룩하다. 왜냐하면 세상의 모든 딸들은 이 세상 모든 이의 어머니이기에.'

　특히 〈연리지 사랑〉 경우는 당나라 시인 백낙천의 〈장한가〉 내용을 수필가 자신의 처지와 비교하여 효과를 거둔다. '하늘에서는 比翼鳥가 되기를 원하고/ 땅에서는 連理枝가 되기를' 꿈꾸었던 당 현종과 양귀비의 애틋한 사랑을 활용한 것이다. 사실 연리지는 과학적으로 두 식물이 서로 살아남으려 싸우다 얼크러진 현상이란 것이다. 그러기에 다음처럼 진솔하게 말하는 용기와 유머 감각을 곁들인 내용이 공감을 준다.

　우리가 25년 동안 수많은 갈등을 감내하며 여기까지 온 것은, 연리지가 되기 위해서나 조개처럼 진주를 만들기 위한 과정이었을까. 어쩜 우리는 이미 연리지가 되어 있는지도 모를 일이다. 종종 아플 때도 같이 아프니 말이다. …… 서로 만나서 죽도록 싸우다가 보니, 한 몸이 되어 있더라는 연리지. 그렇기 때문에 연리지 사랑은 영원하고 위대하기까지 한 것은 아닐까?

―〈연리지 사랑〉에서

장연옥의 수필 문장은 앞에서 살펴본 보기들에서처럼 유연하고 밀도감이 있다. 이런 실력은 평소 닦아온 꾸준한 내공에서 얻은 보람이다. 어휘를 보더라도 사전적인 근거가 있는 데다 남달리 새롭고 신선하다. '겨르로운 봄날' '벗갠 하늘' '궁싯거리다' '에움길' '벼룻길' '은옥색 잎이 다옥하다' 등은 널리 소통시켜도 좋을 것 같다.

그의 문장에는 선명하게 드러난 시각적이고 후각적인 이미지가 산뜻하게 돋보인다. 앞 인용구는 시각성이, 뒤 인용구는 후각성이 내면의 숨결을 따라 흐르고 있다.

내 기억 속 유년의 길은 언제나 하얀색이다. 포근한 목화를 무명 앞치마에 가득 따 담은 어머니의 미소 …… 언덕길 따라 뻗어가던 박 넝쿨에서는 희디흰 박꽃이 만발하여, 저물녘 깃드는 노곤한 영혼을 말끔히 씻어 주었다.

―〈유년의 기억, 하얀 길〉에서

은하수만큼이나 많은 매화 송이들이 뿜어내는 향이, 바람 따라 흘러가지 못하고 이곳에서 진을 치고 있나 보다. 깊은 숨 들이쉬니 조계산에 갇힌 매향이 떼를 지어 달려든다. 늙은 홍매 나무가 두런두런 내게 말을 건네는 것 같다. 삶이 녹록하지 않느냐고.

―〈탐매 여행〉에서

구성면에서는 서두와 마무리의 연결성 역시 짜임새 있어 글맛을 돋운다. 그리고 장연옥의 수필에서는 곧잘 소설적인 발상으로 구성적인 효과를 거두고 있다. 이를테면 〈아버지의 지게〉, 〈낙엽비 속에 너의 모습이〉, 〈한 치 앞에〉 등은 등산 모티프적인 형식을 띠고 있는 것이다. 전자는 아버지 생각에 젖다가 진달래꽃 산행을, 중간은 수락산에서 하산 길에 비처럼 떨어지는 낙엽을 보고 상심에 빠진 친구에게 위로 문자를 보낸 것으로, 후자 역시 산에 올랐다가 소낙비를 맞고 하산 중 어머니부터 낙산사의 불우한 노파를 연상하는 것이다. 현재로부터 과거로 거슬러 가는 의식의 흐름 기법으로서 재래의 순행적인 구도에 안주하는 여느 수필들과는 차별성을 지닌다.

이렇게 장연옥 작품의 장점을 담론해 보았지만 그럼에도 옥에 티처럼 아쉬운 바 한 가지가 있다. 그것은 국내외를 소문 없이 나들이하며 이색문화를 탐색하고 낯선 자연을 만나면서, 보고 느낀 바를 시기적으로 밝히지 않은 사실임을 지적해 둔다. 기행문에서는 여행지의 특성과 먼 훗날 독자를 위해 여행 경로는 물론, 대강의 여행 날짜를 밝히는 게 상례이기 때문이다.

마무리를 겸해서

이상에서 알뜰히 정성 들여 쓴 장연옥 첫 수필집을 통한 작품세계를 두루 살펴보았다. 폭 너른 독서와 국내외 여행을 통한 작가 덕분에 동서고금의 문화탐방을 유익하게 즐겼다. 진솔하고 조신한 인품부터 유연한 문장이며, 남달리 수준급 이상인 덕목을 두루 갖춘 글들이다. 이런 요건 때문에 오히려 상대적인 특성이 두드러지게 부각되지 않은 셈일까. 아무래도 여느 문인들의 실체들과는 다르게 작가나 작품 양면에서, 그리 흠잡을 게 없는 탓에 도리어 평설 쓰기에 벅찼음을 밝혀 둔다.

장연옥 수필문학은 전통적인 서정성과 지성적 이미지를 겸비한 채, 자상한 길손인 양 동서양을 넘나드는 순례자적 자세에다, 자연 친화적이며 진실하고 훈훈한 덕목으로 떠오른다. 그러기에 이상에서 논의하며 두루 살펴본 그의 문학세계를 아우르는 중심 테마는, 결국 인간적인 따스함과 도리를 중시한 휴머니티에 바탕을 두고 있다. 이렇게 올바르며 너그럽고 긍정적인 인간적 주제의식은, 2002년에 장연옥이 발표한 〈황순원 단편소설연구〉 영향도 참고 된다. 황순원 작가의 주동인물들은 각박한 사회 여건 속에서 되도록 따스한 화해로써 인도적 삶을 추구하고 있는 것이다.

또한 장연옥 문학의 중심에는 외적인 나들이의 발걸음과, 내적인 마음의 길 찾기 모색으로 이어진 순례자의 자태가 자리 잡고 있다. 그런 면에서 이 작가는 거의 감성적인 자기 이야기에 머물러 온 우리 수필문단을 지성적인 면까지 조화시킨 에세이문학으로 격상시키고 있다고도 평가된다. 이제 등단 연륜 역시 두 자리 수를 훌쩍 넘고 인생 나이테도 이순이 지났으니, 더욱 깊고 융숭한 글을 많이 발표하길 바란다. 아울러 이제부터 작가는 혼자서 문답하며 자연과 교감하기보다는 다양한 독자층 여러분과 서로 더 많이 소통하는 대화의 기회 자주 가졌으면 한다.

장연옥 에세이

길손의 숲길 대화